強大なベヒーモスと遭遇して、
ピンチの美少女を救ったのは
髭もじゃのおっさん……!?
「だ……れ……」
「いくぜ、白《はく》牙《が》一《いち》文《もん》字《じ》！」
住所不定キャンパーは
ダンジョンで
のんびりと暮らしたい
～危険な深層モンスターも
俺にとっては食材です～
juushofutei
camper ha dungeon de
nonbiri to kurashitai

「ヒゲダルマさん、このベヒーモスのお肉って……」
助けた美少女たちに懐かれて、
一緒に釣りや料理をすることに……!?

「うわっ、すごい引き！」

# ～CHARACTER～

## ヒゲダルマ

あることをキッカケに、ダンジョンで引きこもり生活をしている探索者。24時間ダンジョンにこもっているため、他の探索者とは隔絶した強さを持っている。髭が伸びるのが異常に早い。

## 葵井《あおい》華奈《いかな》

双子の妹・瑠奈と一緒に『ダンジョンツインズチャンネル』という名前でダンジョン配信者として活動している美少女。穏やかな性格でしっかりもの。家事や料理が得意。

## 葵井《あおい》瑠奈《いるな》

双子の姉・華奈とダンジョン配信者として活動している美少女。活発な性格の「ボクっ娘」。釣りやDIYといった活動的なアクティビティを好む。

**虹《にじ》野《の》虹《こう》弥《や》** 大人気ダンジョン配信者。華奈を見捨てて逃げ出す。

**夜《よ》桜《ざくら》こころ** ヒゲダルマが唯一利用するダンジョン外の商店の店長。

**ヒゲダルマリスナー** ヒゲダルマを基本罵倒し、時に励ます、愉快なリスナーの皆様。

- **ケチャラー** 自称彼女持ちだが、誰にも信じられていない。
- **月面騎士** いつもリアルタイムで視聴していて、ツッコミ多め。
- **たんたんタヌキの金** おっさん口調で美少女が大好き。
- **WAKABA** 穏やかな口調の優しいお姉さん(?)。
- **XYZ** たまに仕事をサボって酒を飲む酒好きリスナー。
- **†通りすがりのキャンパー†** ダンジョン内外の事情に詳しい情報通。
- **海ぶどう** 葵井姉妹を助ける配信がキッカケでリスナーになる。

# 住所不定キャンパーはダンジョンでのんびりと暮らしたい

juushofutei camper ha dungeon de nonbiri to kurashitai

～危険な深層モンスターも俺にとっては食材です～

タジリユウ

ill. 市丸きすけ

口絵・本文イラスト
市丸きすけ

装丁
木村デザイン・ラボ

# CONTENTS

本書は、二〇二四年にカクヨムで実施された「第9回カクヨムWeb小説コンテスト　カクヨムプロ作家部門」で特別賞を受賞した「住所不定の引きこもりダンジョン配信者はのんびりと暮らしたい～双子の人気アイドル配信者を助けたら、目立ちまくってしまった件～」を改題、加筆修正したものです。

# プロローグ

「今日もいい天気だ。まあ、いつもなんだけれどな」

見上げれば雲一つない青空。

太陽はないのに明るい日差しが差し込み、ほんのりと暖かな陽気で、今日は絶好のバーベキュー日和である。

「たまにここがダンジョンの中であることを忘れてしまいそうになりますよね」

隣には長い髪の女の子、葵井華奈《あおいいかな》がいて、俺と一緒に肉や野菜を切っている。

そう、ダ、ン、ジ、ョ、ンだ。

澄み切った青い空がどこまでも広がり、風が頬を撫《な》でるように吹き、足元にある草を一斉に揺らして波のようにさざめかせる。

どう見ても自然溢《あふ》れる草原にいるように見えるが、ここはダンジョンの中である。

そしてダンジョンの中は階層ごとに、天気や気候が常に一定だ。ダンジョンの外の季節や時間に関係なく、この階層のように雲一つない美しい青空もあれば、ずっと雨が降っている階層もある。

「ヒゲさん、こっちの準備はできたよ」

調理をしているテーブルの奥ではショートカットの女の子、華奈の双子の妹である瑠奈《るな》がバーベキューコンロに炭を入れて火を熾《おこ》している。

「ああ、ありがとう。さて、こっちも準備ができたし、早速始めよう」


「それじゃあ、乾杯!」

「「乾杯!」」

俺と華奈と瑠奈がグラスをぶつけ合い、中に入っている飲み物を飲み干す。

「とっても甘くておいしいね!」

「ええ、赤い果物の果汁のようですが、今まで飲んだことのあるどの果汁よりもおいしいです!」

「深い階層で採ってきたクリムゾンパインを搾った果汁百パーセントのジュースだ。二人とも気に入ってくれたようでよかったよ」

ダンジョンの中には植物が自生している。そしてこのクリムゾンパインのようにダンジョン内にしかない果物も数多く存在している。

**ケチャラー**:俺もお茶でエアかんぱ～い!

**WAKABA**:私は紅茶で乾杯!

**XYZ**:俺も仕事中だけれど、ビールで乾杯!

**月面騎士**:おい、そこの不良社員w
テーブルの上に置いてあるデバイスから空中に文字が浮かび上がっている。これは俺の周囲を飛んでいるドローンが撮影した配信を見ているリスナーさんからのコメントだ。ここには三人しかいないけれど、みんなで一緒に乾杯をしている気分になれる。

「こっちもちょうど食べ頃みたいだな」

バーベキューコンロの上で焼いていた色とりどりの野菜や肉には程よい焦げ目が付いており、炭で焼いた際の独特の香りが周囲に広がってきた。

金属製の串《くし》に刺さったタマネギ、しいたけ、パプリカ、トウモロコシ。そして野菜の間には大きく切られた肉がこれでもかと挟まれている。

串を二、三本取って各々の皿の上に載せる。

さあ、いよいよ実食だ。

「うわあ、とってもおいし〜。野菜がすごく新鮮で瑞々《みずみず》しいよ！　お肉もとっても柔らかくてとろける〜！」

「こっちのお肉はとても弾力があって、噛《か》めば噛むほど野性味溢れる濃厚な肉の味が口の中に広がっていきます！」

「肉はミストバッファローとグラウンドドラムを使ってみた。どちらの肉もいろんな部位を使っているから、串によって少し味も違ってくるぞ。どんどん焼くから好きなだけ食べてくれ」

「うん。今日はお腹《なか》を空《す》かせてきたから、いっぱい食べるぞ〜」

「はい、ご馳走《ちそう》になります」

**海ぶどう**：うわ、マジでうまそう！　どっちの肉もいくらするかわからないくらいの超高級食材だよね!?

**ケチャラー**：どっちも強すぎるモンスターだから取得難易度も高いんだけど、ヒゲダルマチャンネルではあっさりと出てくるんだよなあ……。
**たんたんタヌキの金**：本当にダンジョンのモンスターの肉とは思えないくらいうまそうだ。なんであんなに大きくて恐ろしいモンスターの肉がうまいのか謎すぎるw
**†通りすがりのキャンパー†**：モンスターの食材がダンジョンの外に出てから市場価値が一変したらしい。昔は最高級だった黒毛和牛の肉の何十倍もする食材が今じゃゴロゴロあるもんな。まあ、食材の調達に命を懸けるんだから、それも当然か。

俺や二人がバーベキュー串を食べている様子を見て、リスナーさん達が次々とコメントを書き込む。

どうやら二人もまだまだ食べるようだし、どんどん焼いていこう。

「バーベキューと言えば肉だけじゃなくて海鮮も定番だよな。コンロの残り半分で貝やカニも焼いていくぞ」
「えっ、すごくおっきな貝⁉」
「私もさっき下ごしらえをしている時に見てびっくりしちゃいました。ダンジョンにはこんな大きな貝もあるんですね」
**海ぶどう**：なんじゃこの化物みたいな大きさの貝は⁉
**XYZ**：明らかに縮尺比がおかしい件についてwww
**WAKABA**：ダンジョンの中の生物は外よりも大きなのが多い気がするよね。

大きめのバーベキューコンロの三分の一を占めるほどの巨大な貝。確かにＷＡＫＡＢＡさんの言う通り、ダンジョンの中は大きな生物が多い。

巨大な貝はグロウクラム、少し大きめの真っ赤なカニはミラージュクラブと言って、どちらもダンジョンの湖で獲《と》ってきた食材である。

「カニって焼くと本当においしそうな香りがしますよね」

**月面騎士**：危ないところだった。配信で香りまで飛んできたら、飯テロに屈してしまうところだったぜ……。

**ケチャラー**：くっ、俺はもう駄目だ！　高級なカニを炭火で焼くだと！　そんなの絶対にうまいだろ常考！

**たんたんタヌキの金**：ぐはっ、俺もやられた！　ここは俺に構わず先に行け！

リスナーさん達がノリの良いコメントをしている間に貝とカニが焼き上がった。

グロウクラムの方は一人分にしてはだいぶ大きいので、三等分にしてから焼いて出てきた汁と一緒にお椀《わん》へよそう。

ミラージュクラブの方は脚を皿へ取り分け、焼けた殻の一部をはがすと、中からはとても美しくおいしそうな赤と白の身が姿を現した。

味付けはシンプルで、貝の身と汁には醤油《しょうゆ》をかけ、炭火で焼いたカニには岩塩をパラパラと振りかける。

「んん！　想像以上に身がプリプリしていて、貝の甘みと醤油のしょっぱさが合わさって、本当に最高だよ！」

「こっちのカニは焼き加減が絶妙で身がふっくらしていてとてもジューシーです！　炭火の香ばしさがカニのおいしさに加わって、いくらでもお腹に入っちゃいそうです！」

**ケチャラー**：こんなの絶対おいしいよ！

**†通りすがりのキャンパー†**：貝もカニも本当にうまそうだな。やはり海鮮バーベキューはシンプルな塩か醤油に限る。異論は認めない！

**WAKABA**：どっちもおいしそうだね～。

　ダンジョンは階層ごとに様々な地形が広がっている。その中には川や湖のある階層があり、そこで魚、貝、エビやカニなんかを獲ることができるわけだ。

　サイズが大きいからといって大味になるわけではなく、むしろ旨《うま》みが増すから不思議である。

「他にもいろんな食材を用意してあるから、ぜひ楽しんでみてくれ」

　もちろんこれだけでなく様々なものを用意してある。

　ダンジョン産の食材を使った料理をたっぷりと楽しんでもらうとしよう。


「うう～さすがにもうお腹がいっぱいだよ……」

「私も食べすぎてしまいました。あとで運動しないと……」

　あれからしっかりとデザートの焼きフルーツまで完食した二人は椅子の上でぐったりとしている。

**†通りすがりのキャンパー†**：ダンジョン産の果物を使った焼きフルーツはうまそうだったな。果

物は焼くと水分が飛んで甘みが凝縮する。ただでさえ普通の果物より甘みの強いダンジョン産の果物を焼いたらどんな味がするのか気になるところだ。

**たんたんタヌキの金**：それにしても、まさか三人であれだけの量を食べきるとはw

**海ぶどう**：でもあれだけの超高級食材だし、少しでも残したらもったいないと思う二人の気持ちも痛いほどわかる。

**XYZ**：ぶっちゃけ残してもマジックポーチで持って帰れるんだけれどねw

見ての通り食べすぎのようだな。バーベキューの食材は三人だとかなり多いくらいの量を準備してきたつもりだったが、すべて食べきってしまった。

「ふう〜さすがに俺もお腹がいっぱいだ。片付けは後にして、しばらくはゆっくりと休憩するか」

「うん、賛成！」

「そうですね、私もしばらくは動けそうにありません……」

俺の提案に賛成する二人。

さすがに今動くのは俺でも危険だ。しばらくはのんびりと身体《からだ》を休めてから、バーベキューの後片付けをするとしよう。

**WAKABA**：それにしても平和だね〜。

**月面騎士**：最近はいろいろとありすぎたから、いい休息になったんじゃないか？

**ケチャラー**：確かにw　特にこの一ヶ月は本当に大変そうだったもんな。見ているこっちの方まで大慌てだったぞ。

「確かにな。俺もここまで慌ただしい時間を過ごしたのは本当に久しぶりだと思うぞ。当分はのんびりと過ごしたいところだ」

この二人と出会ってからの一ヶ月はまさに怒涛《どとう》の如《ごと》く過ぎ去っていった。

まさかダンジョンの外とはまったく関わってこなかった自分がこうなるとは、一ヶ月前の俺からしたら考えられなかっただろう。

だが、こんなふうにみんなと一緒に過ごす日々も悪くはない。

そうだ。すべてはあの時から始まったんだよな。

# 第一章　住所不定のダンジョン配信者

ジュ～。

肉が焼ける際に奏でる音、肉汁が溢《あふ》れて脂の焼ける香ばしい香り、高温で一気に焼き上げることによってできた美しい焼き目。

両面を焼き上げてから、すぐにアルミホイルで肉を包んで、数分間休ませる。こうすることで、余熱を利用して中までじっくりと熱を通し、肉汁をその中心に封じ込めることができるのだ。

「よし、ブラックドラゴンステーキの完成だ！」

**月面騎士**：んほお～うまそう！　昼間っからの飯テロはきついぜ！

**たんたんタヌキの金**：飯の前に見るものじゃないな、腹の虫が鳴っちまう。

**†通りすがりのキャンパー†**：くそっ、マジでうまそう！　一口で良いから食ってみたいところだ！

俺の左腕に付けている金属製の腕輪から宙に文字が浮かび上がった。

俺の周りに浮いている丸いドローン型のカメラが映像と声をリアルタイムで配信しており、その配信を見た人が書き込んだコメントを宙に表示する仕組みとなっている。

ふっふっふ、みんな羨《うらや》ましそうに俺が作ったブラックドラゴンステーキを見てくれているな。それでは冷めないうちに早速いただくとしよう。

肉にナイフを入れると容易《たやす》く切れ、その断面からは高級和牛にも負けないほどの肉汁が溢れてくる。

焼き加減はレアなのだが、普通の肉のように赤くはない。ブラックドラゴンの肉は他の肉よりも黒みがかっているからだ。

「かあああ、うまい！　噛めば口の中に肉汁が溢れ出して肉の旨《うま》みが一気に広がっていく。あまりにも柔らかくて、舌の上で溶けていくような感覚だ！　うん、やっぱりブラックドラゴンの肉はドラゴンの肉の中でも断トツのうまさだな」

**月面騎士**：ぐあああ、頼む！　ダンジョンにいるみんな、オラに肉を分けてくれ！

**†通りすがりのキャンパー†**：相変わらずうまそうなもん食っているなあ。昔に比べたらだいぶ調理方法も凝ってきているし。

「ちゃんと焼く時には牛脂ならぬドラゴン脂を使っているからな。これだけ良い肉だと、別の油を使うだけで雑味になっちゃうんだよ。それと塩コショウは焼く直前で少し多めに掛けるのがポイントだ」

腕輪から浮かぶコメント欄には配信を見ているリスナーさんからの羨望《せんぼう》の言葉が並んでいる。

**月面騎士**：いや、調理方法とかでそこまで変わんね～からｗｗｗ　問題はそのブラックドラゴンの肉だって！

**たんたんタヌキの金**：ブラックドラゴンの肉ねえ～。一度でいいから食べてみたいよなあ……。

**名無し**：いや、シレっとブラックドラゴンの肉とか何言ってんの⁉
**たんたんタヌキの金**：おっ、このチャンネルに新しくコメントするリスナーなんて珍しいな。ここしばらく新しいリスナーはまったく来なかったのに。
**月面騎士**：確かに。てかこの配信内容なら、普通にもっと多くの人に見られていてもおかしくないんだけれどね……。
**†通りすがりのキャンパー†**：そりゃ髭《ひげ》だらけの怪しい男が飯を食っている配信を見るより、可愛《かわい》い女の子が映っている配信を見るわな。そもそも普通の人はタイトルやサムネを見て、この配信を見ようとは思わないだろう。

どうやら今日は珍しく新規のリスナーさんが来てくれているらしい。
俺のチャンネルの常連リスナーさんの言うことは尤《もっと》もだな。俺でも女の子が映っている配信の方を見ると思うぞ。

**名無し**：キャンパーがなんで厨二《ちゅうに》なハンドルネームを付けているんだ……じゃなくて、ブラックドラゴンってマ？　あれって確かダンジョンの深い階層にしか出てこないモンスターだよね？　釣りにしてもせめてレッドドラゴンくらいにしておこうよ。
**月面騎士**：気持ちは分かるけれど、これマジなんだよね。
**†通りすがりのキャンパー†**：俺が初めてこの配信を見た時もそんな反応だったわ。懐かしみが深いな……。

「まあ、信じるかどうかは置いておいて、本物のブラックドラゴンだぞ。ほら、普通の肉よりも黒っぽいだろ。それでもレッドドラゴンの鮮やかな赤い肉よりうまいんだから、本当にこのダンジョンってのは不思議だよなあ。うん、うまかった、ご馳走《ちそう》さま」

大きめに焼いたドラゴンステーキを平らげ、コメントに対して反応をする俺。

普段はそれほどコメントに反応しない俺だが、やはり新規のリスナーさんが来てくれることは嬉《うれ》しい。とはいえ、いつも通りリスナーさん相手にタメ口だし、そこまで親切な回答でもない。配信した動画の編集をしたり、タイトルを考えたりもしていない。

これだから俺の配信は人気が出ないのだろう。

そもそも有名配信者になってお金を稼ごうと思って始めた配信じゃないから、別に構わないんだけれどな。

「さてと、午後はどうするかなあ。あっ、そういや卵を切らしていたんだ。確かコカトリスは三十五階層辺りに生息していたはずだな。コカトリスの肉も少なくなっていたし、ちょっと狩りに行ってくるか」

**名無し**：……いくら何でもツッコミ待ちだよね、これ？　コカトリスの卵って、あの高級食材のコカトリスの卵でしょ、何でこの人はちょっとスーパーで卵買ってくるか、みたいなノリで言っているの？

**†通りすがりのキャンパー†**：懐かしい、俺もまさに今とまったく同じようなツッコミ入れたわw

**WAKABA**：やっぱり普通に考えたら意味が分からないよね～。こうやって普通の反応をしてくれると、すごく助かる～。

「おお、ＷＡＫＡＢＡさんはお久しぶり。珍しく今日は人が集まっているな。十一人も見てくれているぞ！」

**名無し**：十一人で多いって……。

**たんたんタヌキの金**：まぁまぁ、もう少しだけ見てやってくれ。多分面白いものが見られるぞ。

**ＷＡＫＡＢＡ**：ヒゲダルマさんお久しぶり。相変わらずのすごい髭だね！　もう少し身だしなみをちゃんと整えれば、もっと人気が出て話題になると思うのになあ～。

ＷＡＫＡＢＡさんはいわゆる古参と呼ばれるリスナーさんで、俺が配信を始めた当初からずっと俺の配信を応援してくれているリスナーさんだ。

彼女――実際には会ったことがないから、本当に女性かは分からないが、彼女やキャンパーさんには本当にお世話になった。

ダンジョンの探索中に危険なモンスターの存在に気付いてくれたり、毒のある食材の見分け方やモンスターの解体方法など様々なことを教わったりした。

何者なのかと疑問に思ったこともあるけど、そんなことは関係ない。リスナーさん達からいろいろなアドバイスをもらっていなければ、間違いなく俺は死んでいただろうな。

「まあ、人気とかはいいよ。それにここにいれば滅多に人と会うことなんてないから、身だしなみに気を付ける必要なんてこれっぽっちもないしな」

ヒゲダルマというのは俺の配信者としての名前だ。昔から俺は髭が伸びるのがとても早く、毎日髭を剃《そ》らないと、すぐに今のように髭がボウボウになってしまう。

それと最近は髪も切っていないから、それこそヒゲダルマという名前の通り、髭モジャの達磨《だるま》みたいになっている。さらに服は戦闘用スーツの上にモンスターの素材を使って作った手作りのベスト、籠手《こて》、腰当て、足当てを身につけており、かなり野性味のある格好をしている。

ファンタジーの産物に過ぎなかったダンジョンが現実の世界に突如現れて、もう数十年が過ぎた。

ダンジョンの中では外の世界には存在しない様々なモンスターが現れ、ダンジョンへ入ってきた者を排除しようと襲ってくる。

当然の如《ごと》く、当初は様々な混乱が起こっていたようだが、法整備などが進んだ今では、モンスターの素材やマジックアイテムを求めて、ダンジョン内を探索する探索者という職業が存在する。

もちろんダンジョンの中はとても危険で、命を落とす可能性だってかなりある。

しかし、それ以上にダンジョンの中から持ち帰ることができる物に世界中の人間が魅了された。

この世界には存在しなかった魔石と呼ばれるエネルギー資源、最高級の食材のさらに上をいく美味なる食材、そしてなにより不思議な力が宿ったマジックアイテム。

ダンジョンには人生すべてを変えてしまえるほどの魅力があった。

そしてここ最近では、ダンジョン内の様子を撮影して配信するダンジョン配信者という職業まで現れた。

ダンジョン内では外のようにスマホなどの電波は届かない。しかし、長年の研究により、ダンジョン内には特殊な電波が常時飛んでいることが判明した。

その電波とダンジョン内で得られる魔石を利用することで、今の俺のようにダンジョンの中から配信をしたり、コメントなどでダンジョンの外と連絡を取ったりできるようになった。

それにより配信者という業態が可能になって、探索者じゃなくてもダンジョン内部を見せてくれる配信者は一気にメジャーな職業になっていった。

……まあ俺に関して言えば、そんな魅力に惹《ひ》かれてダンジョンに入ったわけではなく、ダンジョンの外ですべてを失い、死んでもいいという自暴自棄な気持ちになって、全部捨てるつもりでダンジョンに入っただけなんだけれどな。

ダンジョンに引きこもって一人でがむしゃらに探索を進め、ひたすらモンスターとの戦いに明け暮れていた俺が、あまりの孤独に耐えられなくなったころ、コメントで人と会話ができることを知って始めた配信チャンネルだ。

目立ちすぎるとダンジョンで暮らしていることに突っ込まれてしまうから、むしろ少ないリスナーさん達だけでいい。

「よし、ちょっくら行ってくるか」

防具と同じようにモンスターの素材から作った武器を担いで、ダンジョンのセーフエリアと呼ばれるモンスターが入ってこられない場所に洞窟《どうくつ》を掘って造った俺の家を出る。

今の俺はダンジョンの外に帰る家がない。

俺はダンジョンの中に住居や畑を作ってダンジョンで生活をしている。だいぶ深い階層に住居を造ったから、このダンジョンの攻略がもっと進むまで、探索者やダンジョン配信者は来ないはずだ。

軽く走って巨大な門のある場所へと移動した。この赤い門は帰還ゲートと呼ばれ、この門を通るとダンジョンの入口であるダンジョンゲートへ帰還が可能だ。

あるいは今回のように、どこの階層に行きたいかを念じながらこのゲートを通ると、行ったことがある階層に限ってだが、一瞬でワープすることができる。

このダンジョンというものは人知を遥《はる》かに超えている。本当にどういう仕組みをしているんだかな。


「さて、三十五階層か。コカトリスは森の奥深くにいるんだっけな」

帰還ゲートを通って、三十五階層へと移動してきた。ダンジョンのそれぞれの階層には赤い帰還ゲートと青い階層ゲートが存在する。

階層ゲートを通ると、次の階層へと進めるようになっている。

広さはその階層ごとに異なり、環境も草原、火山、砂原、洞窟など様々で、屋内とは限らない。

この三十五階層は広い森が中心の階層となっていて、コカトリスはこの奥に生息している。

**名無し**：というか、シレっと三十五階層とか言っているけれど、ここはどこのダンジョンなんだ？

先ほどの新規リスナーさんからコメントが入る。どうやらまだ見てくれているようだ。

ダンジョンは世界中に出現し、この日本にも十を超える数のダンジョンが存在する。有名で大きなダンジョンだと東京《とうきょう》、大阪《おおさか》、博多《はかた》なんかが有名だな。

「ここは大宮《おおみや》ダンジョンの三十五階層だ。すまないが、ここからは落ち着くまでコメントを見られないからよろしくな」

そう言いながら俺は腕輪を操作してコメントを非表示設定にする。

ダンジョンの中では、一瞬の油断が死を招く。ダンジョン配信者にはコメントを読み上げたりしながら配信を行っている者も多くいるらしいが、そういった危険を招く行為はできるだけしないようにしてきた。

**名無し**：大宮ダンジョンって今調べたら、まだ四十階層までしか攻略が進んでいないダンジョンじゃん⁉　えっ、ソロでこの階層を攻略したって、このヒゲダルマって配信者はそんなに強いの？

**月面騎士**：へぇ〜今は四十階層まで攻略が進んでいるのか。ちょっと前までは全然だったのに……。

**†通りすがりのキャンパー†**：最近はダンジョン攻略もだいぶ効率化してきたもんな。いやまあ強いというか……見ていれば分かるよ。

**名無し**：てか、この人走るの速すぎん⁉

「さて、この辺りか」

**名無し**：……すげー。このヒゲダルマって人、かなりのモンスターに遭遇したけれど、全部ぶっちぎったよ。本当に人間？

**WAKABA**：いくらダンジョン内では外より力が出せるといっても、さすがに人間じゃないわよね……。

**月面騎士**：それな！　人間やめているって意見には激同《はげ》w

**†通りすがりのキャンパー†**：ヒゲダルマの味方が一人もいなくて草w

ダンジョン内には銃やミサイルなどの兵器を持ち込むことができない。ダンジョンゲートを通るとなぜかダンジョンゲートの前に兵器だけが取り残されてしまうのだ。

それならばどうやってダンジョン内に生息するモンスターと戦うのかというと、モンスターを倒して自身を強化する。あわせてダンジョン内に存在するモンスターの素材や金属から武器を作製することによって、より深い階層のモンスターと戦えるようになるのだ。

身体能力が向上するのはダンジョン内限定で、ゲームのように一定の経験値を得ると一気にレベルアップするというわけではなく、倒せば倒すほど少しずつ強化されていく。

強いモンスターであればあるほどその上昇幅は大きいので、安全マージンを取りつつ、より深い階層のモンスターを倒して効率よく身体能力を上げ、ダンジョン探索を進めていくわけだ。

**名無し**：さすがに速すぎるでしょ。一体これまでにどれだけのモンスターを倒してきたんだよ……。

**月面騎士**：ヒゲダルマは一時寝る間も惜しんで、ひたすらモンスターを倒してきた時期があったからなあ。

俺はずっとソロでダンジョンにこもってモンスターを倒していたこともあって、ダンジョン内限定だが、常人では考えられないほどの身体能力を得ることができた。

「おっ、ちょうどコカトリスの巣があるな。卵もいくつかあるぞ」

森の奥へ移動してくると、前方にコカトリスの巣を発見し、そこに卵があることも確認できた。巣には両親と思われるコカトリスも二匹いる。周囲にはそれ以外のモンスターの気配はない。コカトリスを狩って、卵を食べるのには若干罪悪感もあるが、俺も生活していくためには命を奪わなければならない。その分しっかり味わって食べさせてもらうとしよう。

「うし、行くか！」

俺は背負っていた大剣を持ち、コカトリス二匹の正面に立った。ちなみに、武器はモンスター素材を使って自作したものだ。

**名無し**：ちょっ⁉　コカトリスって石化ブレス吐くやつだろ！　ソロで真正面から突撃とか馬鹿じゃねえの⁉

**たんたんタヌキの金**：そう思っていた時期が俺にもありましたw

「よし、討伐完了だ」
**名無し**：……はあ？　ねえ、なにあれ？　勝手にコカトリス二匹の首が落ちたんだけど？
**月面騎士**：スロー再生してみ。信じられない速度で真正面から突っ込んで首切っただけだから。俺も見えていないから多分だけど……。
**WAKABA**：そもそもカメラも追いついてないから、毎回何が起こっているのかよく分からないんだよねえ……。
**たんたんタヌキの金**：速すぎて戦闘シーンが見えない配信とか致命的すぎてワロタw
**†通りすがりのキャンパー†**：髭面《ひげづら》のビジュアルもそうだけれど、強すぎるせいで人気が出ないとか皮肉すぎるぞ……。
周囲に他の魔物がいないことを確認してから、腕輪の設定を変更してコメントを表示し、軽く口

グを追う。

「月面騎士さんの言う通り、正面からこの大剣で首を落としただけだよ。コカトリスの血抜きをする時は動脈をスパッと切ると、肉がうまくなるし、この後の解体作業が楽になるんだ」

**名無し**：いや、血抜きとか肉のうまさとか今どうでもいいから⁉

「何を言っているんだ。モンスターをうまく食べるには血抜きは大事だぞ！　……まあ、タヌ金さんの言う通り、配信者として戦いを見せられないのはすまんが、こっちも命が懸かっているからな。コカトリスの石化ブレスには一応耐性があるけれど、動きが鈍くなって嫌だから、ブレスを吐く前に倒したんだ」

**名無し**：……石化ブレスに耐性がある人とか他に見たことないんだけれど。普通高価な石化解除ポーションを使うんだよね。俺の知識の方が間違っているのか？

**†通りすがりのキャンパー†**：いや、間違っていないぞ。少なくとも、俺もそんな耐性を持っているやつはこいつしか知らんw
「状態異常耐性については苦労したよ。特に俺はソロだし、麻痺《まひ》や石化なんて食らったら本気でヤバいから、必死だったな」

モンスターの中には毒や麻痺、石化などといった状態異常攻撃を仕掛けてくる敵も少なくない。基本的には解毒ポーション、麻痺解除ポーション、石化解除ポーションを使って回復するが、俺はソロだから戦闘中にポーションを使用している暇がない場合もある。

そのため、状態異常を何度も何度も受け続けて、ほんの少しずつ耐性を身につけていった。毒はダンジョンに生息している毒キノコ、麻痺や石化はモンスターの麻痺爪や石化針などの部位を集め、セーフエリアでひたすら自分を傷付けるといった方法だ。

毒や石化が強すぎて、何度か死に掛けたこともあったぞ。

「さて、それじゃあ、解体作業は安全な家に戻ってからやるか。マジックポーチにしまってと……」

俺は腰に付けていたポーチを外し、首を落としたコカトリス二匹を収納した。そのまま続けて一メートル近くあるコカトリスの大きな卵を収納する。

**名無し**：ちょっ、あんな容量が入るマジックポーチなんて存在するの⁉　普通は大きくても数メートル級のモンスター一体分くらいしか入らないよね。めちゃくちゃヤバいマジックアイテムじゃん！

**WAKABA**：相変わらずこの配信を見ていると感覚がおかしくなってくるよねえ〜。ダンジョンの深い階層にはああいう性能が壊れたマジックアイテムが出てくるらしいよ〜。

**†通りすがりのキャンパー†**：考えるんじゃない！　感じるんだ！

**たんたんタヌキの金**：いや、それ考えるのを放棄しているだけだからｗｗｗ

ダンジョンからは食材や資源だけでなく、人知を超えたマジックアイテムというものを手に入れることができる。その一つがこのマジックポーチだ。

マジックポーチは幅が三十センチメートルほどのポーチなのだが、見た目とは異なってかなり大きな物を入れることができ、入れている間の時間が止まるという優れたマジックアイテムだ。

ダンジョンから持ち帰ったマジックアイテムについてはこの何十年もの間、世界中で研究されているにもかかわらず、何も分かっていないのが現状だ。もちろんマジックアイテムの複製なんかも成功したという事例は挙げられていない。

「よし、それじゃあ戻ってゆで卵でも作りますかね」

「きゃあああああ！」

収納が終わり、帰還ゲートへ戻ろうとしたところで、女性の大きな悲鳴が辺りに響き渡った。

**月面騎士**：なんだ、悲鳴が聞こえたぞ！

**たんたんタヌキの金**：誰かがモンスターに襲われているんじゃね！

「この階層にも探索者が来ているのか。しょうがない、悲鳴を聞いた以上は行くか……」

**名無し**：なんかめっちゃ嫌そうに助けに行くのな。というか、速すぎてまたカメラが置いてけぼりじゃん!?

**†通りすがりのキャンパー†**：まあ、こういう人なんだよ……。ドローン、頑張ってくれ！

**たんたんタヌキの金**：ヒゲダルマが駆け付けるまで耐えてくれれば大丈夫だと思うんだが……。

「いた！」

全速力で悲鳴の上がった方向へ向かうと、そこには銀色の毛並みをした狼《おおかみ》型のモンスターの群れに追われている男女の探索者の姿があった。二人とも負傷をしているようで、モンスターから走って逃げている。

さすがにあの状況なら、助けに入ったとしても文句は言われないか？

いや、もう少し待った方がいいな。他の探索者や配信者の戦闘に横入りする際は、その辺りに気を遣わないといけないから本当に面倒だ。

加勢したはずなのに邪魔をしたと責められ、酷《ひど》い時は報酬を奪いにきたと俺に攻撃をしてきたやつもいた。

**名無し**：いや、ドローンを置き去りにするとかどんだけ速いんだよ⁉　いや、ドローンが旧式の可能性も微レ存！
**たんたんタヌキの金**：分かるわ～俺もいろいろありえなすぎて、最初のころは作り物の動画を疑っていたっけ。
**月面騎士**：そこからいろいろ受け入れてそのままこの配信チャンネルを視聴し続けるか、偽物だと判断して去るかの二択がテンプレ！

おっと、そういえばドローンを置き去りにしてしまった。このドローンと腕輪は連動していて、コメントはドローンの一定距離以内にいないと俺には届かないんだよな。

とりあえず、男女のどちらかがピンチになったら、さっさと助けてとっとと帰ろう。

◆　◇　◆　◇　◆

血が流れている右腕が痛い。ずっと走り続けていたこともあって、足がひどく重い。

「はあ、はあ……」

後ろには狼型のモンスターであるシルバーウルフの群れが迫ってきている。

シルバーウルフはこの三十五階層に現れるモンスターの中でもかなり厄介なモンスターで、単体でもかなりの強さを誇る上に、群れで行動して狩りをする。

「うっ……」

体調が万全でもこれほどの数のシルバーウルフが相手だと、私達の力で倒せるか分からない。

「くっ、駄目だ。このままじゃ追いつかれる！」

「虹弥《こうや》さん、一か八か戦いましょう！」

横を走るダンジョン配信者の虹弥さんに提案する。

今日は有名配信者の彼と一緒にコラボ配信をするためにダンジョンへ潜っていた。

いつもより戦力も多いし、ここよりも深い三十七階層まで到達したこともある。それにコラボ相手に迷惑をかけないようにこの辺りの地形やモンスターの下調べもしっかりしてきた。

マジックアイテムも普段より多めに持っているのに、どうしてこんなことになっちゃったの……。

彼もかなり負傷しているし、今の状態でこれだけの数のシルバーウルフを相手にするのは無謀かもしれない。だけどこのままじゃ確実に追いつかれる。それならここで足を止めて二人で戦うしかない。

私はあの子を助けるため、絶対ここで死ぬわけにはいかないの！

「……ちっ」

虹弥さんが高速で剣を振るう。するとキンッという金属音と共に、私達の周りを飛んでいた撮影用のドローンが真っ二つになって地面に落ちた。

「こ、虹弥さん、なにを？」

「それはな、こうするんだよ！」

「えっ！　きゃあっ⁉」

横を走っていた虹弥さんがいきなり私の足を蹴《け》ってきた。

あまりに突然の行動で私は回避することができずに盛大に地面へと転がった。

「はっはっ！　悪いな、俺も自分の命の方が大事なんでね！」

「そ……そんな……」

虹弥さんが私を置いて走り去っていく。

ひどい、あんな人だったなんて……。

「グオオオオオ！」

徐々にシルバーウルフの群れが迫ってくる。残された私はたった一人で、まだ起き上がれてもいない。

「瑠奈、ごめんね……」

私はここまでみたい……。

お願い、瑠奈だけはどうか生き延びて！

「えっ⁉」

そんな死を覚悟した私の目前に、突然人影が現れる。

颯爽《さっそう》と現れた男性――その人はボサボサの髪と髭に覆われ、物語の中の王子様のような見た目とは程遠かった。

「ギャウ⁉」

「グオオ！」

私に襲い掛かろうとしていたシルバーウルフ二匹が真っ二つになったことで、シルバーウルフ達は驚愕《きょうがく》の声を上げる。

そして彼は目にも留まらぬ速さで、すべてのシルバーウルフを一瞬で真っ二つにした。

「大丈夫か？　まったくもって災難だったな」

◆◇◆◇◆

とりあえずシルバーウルフの群れはすべて倒した。シルバーウルフというモンスターは群れるから多少面倒なモンスターだ。

残念ながらこのモンスターは食べてもうまくないんだよな。何度か試しに調理してみたが、筋が硬くて臭みが強いんだよ……。

目の前で彼氏に裏切られた女性への声の掛け方なんて知らないから、できるだけ明るい感じで声を掛けてみたが返事がない。

「大丈夫か、状況が分かるか？　彼氏に裏切られたのは辛《つら》いだろうが、元気を出せ」

目の前に倒れているロングヘアの女の子はだいぶ若く見えるが、ダンジョンには十六歳未満は入ることができないから、それより年上であることは間違いないはずだ。

あちこち汚れているが、顔立ちの整ったかなりの美人だ。純白の鎧《よろい》に身を包み、立派なロングソードを左の腰に差していた。

ダンジョン配信者をやっている人はガチの攻略配信をやっているか、可愛い女性や格好いい男性がアイドルのような配信をするかの二つに分かれている。

てっきり後者だと思ったが、さっき新規のリスナーさんがこのダンジョンで三十五階層はかなり攻略が進んでいて強いと言っていたから、前者になるのか？

「だ、大丈夫です！　えっと、あの人は彼氏ではありません。あ、あの、危ないところを助けていただいてありがとうございました！」

「無事だったのなら何よりだ。一人で歩けそうか？　難しいなら帰還ゲートまで送っていくぞ」

一応女の子なのに俺の姿にはビビっていないらしい。

前に女の子を助けた時に同じように声を掛けたら、泣き叫んで逃げられたことがある。これについては俺の髭《ひげ》モジャと野性味溢《あふ》れる格好が悪いから、その女の子を責める気もない。

**WAKABA：**辺り一面モンスターの血の海だね。とりあえず女の子が無事のようで本当によかった〜。

**月面騎士：**さすがに人が死ぬ動画は勘弁だぜ。無事でよかったな。

月面騎士さんの言う通り、さすがに配信で人死は勘弁である。

一応この腕輪は生体反応などを検知しており、ドローンの所有者が危険な状態になると配信を自動で切断すると同時に、エマージェンシーコールと位置情報をダンジョンの外へ送る機能がある。それでも他人のドローンに映ってしまう事故動画なんかはどうしても出てきてしまう。

基本的に事故動画はその後すぐ削除されるのだが、そんな動画を保存して集めるような腐った性根の人間もいるというのだから、本当に救いがない。

女の子は自分の力でゆっくりと立ち上がった。

「……あの、助けてくださった方にこんなことをお願いするのは申し訳ないのですが、どうか妹を助けてください！」

**名無し**：ちょっと待て！　この女の子、ダンジョンツインズチャンネルの華奈ちゃんだ！

**†通りすがりのキャンパー†**：ダンジョンツインズチャンネル？　何それおいしいの？

**月面騎士**：俺でも聞いたことがあるくらい有名な配信チャンネルだぞ！　ガチで強いのにアイドル級に可愛い双子の姉妹がやっている配信だ！

どうやらこの女の子は有名な配信者らしい。俺も配信者の端くれだが、最近他の人の配信は見ていないからまったく分からない。

「……一応話は聞こう」

目の前にいる女性は妹を助けてほしいと言った。だけどその妹さんとやらはここにはいない。まだ話が見えてこないな。

「はい、実は先ほどの配信者の男性と妹の三人でこの階層へ来ました。いつもより一人多く、その人は実力もある配信者ですし、私達も普段以上に準備をしてきたのですが、そこで運悪くイレギュラーモンスターに遭遇してしまいました」

「イレギュラーモンスターか……。確かに運がないな」

イレギュラーモンスター——そのままの意味だが、本来ならばその階層にいるはずのない強さのモンスターや特殊な行動をするモンスターである。

イレギュラーモンスターの詳しい発生条件は未《いま》だに分かっていない。そもそもダンジョン自体、分からないことが多すぎるのだ。

とはいえ、イレギュラーモンスターに遭遇するなんてことは滅多にない。この子達はよっぽど運が悪かったのだろう。

「私達の力では敵《かな》わないと判断し、即座にイレギュラーモンスターの発生を報告して撤退しました。幸いそれほど動きは速くなかったのですが、その途中で妹とはぐれてしまい、さらに運の悪いことにシルバーウルフの群れにも遭遇してしまいました……。まだ妹はあのイレギュラーモンスターに追われているのかもしれません！　お願いします、どうか私と一緒に妹を探すのを手伝ってください！」

**†通りすがりのキャンパー†**：おお、美少女からの緊急クエストキタコレ！

**たんたんタヌキの金**：これでフラグが立つんですね、分かります！　そして妹ちゃんともフラグがビンビンな香りですな！

……外野がだいぶうるさいな。

お前らアニメや漫画の見すぎだぞ。現実にはそんなフラグなんてないし、立てる気なんかもない。コメントをオフにしておけばよかったか。とはいえ、みんなからのコメントに救われたことは何度もあるから、このまま表示しておくことにしよう。

そして俺は答えを口にする。

「断る！」

「えっ……」

**名無し**：いや、即答かよ！

**月面騎士**：美少女からのお願いを一刀両断、そこに痺《しび》れる憧《あこが》れ……ねえよ！

**WAKABA**：ああ～ヒゲダルマさん、やっぱり断っちゃうのか～。

「あ、あの、私にできる限りのお礼はします！　先ほどのあなたの強さがあれば、たとえイレギュラーモンスターが出てきたとしても――」

「ああ。おそらくは倒せる可能性の方が高いだろうな。だけど、俺が死ぬ確率もゼロというわけじゃない。それでも君は俺に手伝えと言うのか？」

「あっ……」

三十五階層に出てくるイレギュラーモンスターなら、おそらく俺の力で倒すことができるだろう。だが、この子の妹を助けるために俺が死ぬ可能性だって決してゼロではない。

ダンジョンはとても恐ろしい。

たとえどんなに強くなったとしても、一瞬の油断やたった一つの不運によって命を落とすことなんてザラだ。そしてダンジョンの理不尽さについては俺も嫌というほど知っている。

「……私の全財産を差し上げます！　それに私にできることなら何でもします！　お願いします、どうか助けてください！」

髭面の怪しい男に自らのすべてを差し出すという美少女。よっぽど妹が大切なのだろう。

だがそれでも――

「断る！」

俺の答えは変わらない。

「残念だけど、報酬の話じゃないいんだ。ダンジョン内で人を助けなくても罪になることはない。ダンジョンでは助けに行く者の命も危険にさらされるのだから当然だ。それにダンジョンへ自ら入った時点で、命を落とす覚悟があるということで、完全に自己責任になる」

ダンジョンには夢がある。それこそ、これまでの人生すべてを変えることができるほどの大きな夢だ。

探索者は珍しいモンスターの素材やマジックアイテムを手に入れ、配信者は一躍有名になって、他の場所では得ることができない富や名声を手に入れることも可能だ。

しかし、自らの命を天秤《てんびん》に掛けるという代償を支払わなければならない。

「少なくとも、俺は見ず知らずの人の命を助けるために自分の命を懸けるようなヒーローでもお人《ひと》好《よ》しでもないんだ。悪いけれど、これ以上は君の力にはなれない」

**たんたんタヌキの金**：こうなったらヒゲダルマは梃子《てこ》でも動かないんだよなあ……。

ＷＡＫＡＢＡ：でもヒゲダルマさんの言っていることも、それはそれで正しいのよね～。
†通りすがりのキャンパー†：以前ダンジョンで行方不明者を助けに行った救助部隊が全滅なんて話もあったもんな……。

「……そうですね、あなたの仰《おつしや》る通りです。あの、少ないかもしれませんが、こちらは今私が渡せる限りのお礼です。この度は危ないところを助けていただきまして、本当にありがとうございました」

「分かった、ありがたくいただいておこう」

華奈という女性が持っていたマジックポーチのうち、その一つを俺に渡してきた。中にはモンスターの素材なんかが入っているのかもしれない。

「……おい、帰還ゲートはそっちじゃないぞ」

「分かっています。せっかくあなたに助けていただいた命ですが、私は妹を――たった一人の家族を置いてこのまま帰ることはできません！」

「そうか……。まあ、すでに対価はもらった。あとは君の好きにすればいいさ」

「ありがとうございます。それでは失礼します」

「ああ、君と妹さんが無事に帰れることを祈っているよ」

そう告げると、来た道へ向き直る少女。

彼女には悪いが、俺はこのダンジョンに来る前のように、ただ人に尽くすことはもうやめた。

あれほど信頼して身を粉にして働いてきた挙げ句、裏切られてそのすべてを奪われたことを俺はまだ忘れることができない。

もう俺にはお金や女なんて煩わしいものはいらない。

俺は俺の配信を見てくれる人達とくだらないことを話して、うまい飯を食うだけの生活ができればそれでいいんだ。

「瑠奈……。待っていて。私が必ずベ、ヒ、ー、モ、スからあなたを助けるわ」

「……ちょっと待て！」

去ろうとしていた彼女を引き留めた。

今彼女は何と言った？

「今ベヒーモスと言ったな。君達を襲ったイレギュラーモンスターはベヒーモスなのか？」

「は、はい。そういえば言っていませんでしたね。そうです、ただでさえ凶暴なベヒーモスのイレギュラー……。少なくとも私が今まで出会ったモンスターの中でも一番強くて危険な――」

「あのめちゃくちゃうまいベヒーモスのイレギュラーモンスターだと！」

「…………………えっ？」

ベヒーモス――巨大な身体《からだ》を持った四足歩行のモンスターで、頭からは二本の角が生え、紫色の肌をしているのが特徴だ。

筋肉質で、一見するとうまそうには思えないのだが、実際に食べてみると、その肉は牛や豚なんかとは比較にならないくらいうまい。

そしてなにより、イレギュラーモンスターの大半はその肉質が元のモンスターより、おいしくなることが多い。

　これもどうしてそうなるのかは未だに解明されていない。俺も何度かイレギュラーモンスターを食べたことはあるが、確かに同じモンスターの通常種と比べると遥《はる》かにうまかった。

「もう一度確認するぞ、そのイレギュラーモンスターは確かにベヒーモスだったんだな？」

「は、はい。画像で見たベヒーモスよりも肌の色は少し黒かったですけれど、その姿は確かにベヒーモスでした……」

　イレギュラーモンスターは外見的な特徴が通常種と異なる。そうなると彼女の言っていることには十分信憑性《しんぴょうせい》が持てる。

**名無し**：ベヒーモスのイレギュラーとか本気でやばくね⁉　ガチ攻略組でも勝てるか怪しいじゃん！　とりあえず通報だけでもしておくべき⁉

**たんたんタヌキの金**：とりあえずもちつけ！　通報はもうちょっとだけ様子を見てからでも遅くはないだろ。どうせ連絡しても、調査や人集めなんかで、かなりの時間が掛かる。

**WAKABA**：それにさっきまで華奈ちゃんが配信していたんだから、きっとそっちのリスナーさんがもう通報していると思うよ。でも討伐部隊が来るのは当分先だと思うけれど……。

「よし、分かった。君の妹さんを探すのを手伝おう」

「えええっ⁉」

**名無し**：なんで今の話の流れで引き受けることになっているんだよ！　普通逆だろ⁉

**↑通りすがりのキャンパー↑**：ヒゲダルマに普通の流れを求めても無駄だぞ。

**たんたんタヌキの金**：こんなに可愛い女の子が何でもしてくれるというのに断る時点で普通じゃない件についてｗ
**┼通りすがりのキャンパー┼**：確かにｗ　俺なら命が懸かっていても引き受けるわ。モンスターに遭遇せず見つけられる可能性もあるわけだし。

「ただし、条件がある。一つはそのベヒーモスを俺が倒したら、素材はすべて俺がもらう。そしてもう一つは俺のことについて他の人には話さないという条件だが、どうだ？」

「は、はい、もちろん大丈夫です！　で、でも本当にいいんですか？」

「ああ、イレギュラーモンスターのベヒーモスなんて食ったことがない！　それには俺の命を懸ける価値が十分にある！」

「そ、そうなんですね……」

**月面騎士**：なんか華奈ちゃん、すごく複雑そうな顔をしているな……。

**たんたんタヌキの金**：そりゃ、自分の全財産やなんでもするってことよりも、肉の方が価値があるって言われたようなものだからなｗｗｗ
**ＷＡＫＡＢＡ**：女の子なら誰でもショックに決まっているでしょ！　ヒゲダルマさんももう少し女心を分かってほしいなあ～。

**┼通りすがりのキャンパー┼**：今ので完全にフラグはへし折られましタワー……。

……相変わらず外野がうるさい。だが今はそれどころじゃない。

「契約成立だな。それじゃあ今回の件で、俺はできる限り君達の助けになることを約束する。そっちもちゃんと契約を守るんだぞ」

「は、はい！」

**月面騎士**：うわ～女の子を助けるのに契約とか言っているよ、この男……。

**たんたんタヌキの金**：相変わらずブレなすぎてワロタｗ
「……いろいろ言いたいことはあるけれど、今はリスナーさん達も力を貸してほしい。ドローンを固定して一定方向に向けておくから、そっちの方向に何かあったらコメントで教えてくれ」

**名無し**：おお、そういうことなら任せてくれ！

**ＷＡＫＡＢＡ**：もちろんだよ～！

**†通りすがりのキャンパー†**：おう、当然協力させてもらうぞ！

「ありがとう、感謝するよ」

「あの、皆さんありがとうございます！」

コメントの通知音をオンにしておく。これで何かコメントが入れば音が鳴るようになった。

「それで、どっちの方向から来たんだ？」

「あっちの方向です。森を越えた丘の下付近で遭遇しました！」

「とりあえずその辺りをしらみつぶしに探してみるしかないか。ちょっと失礼」

「えっ、きゃあ⁉」

有無を言わせず、困惑している彼女を抱きかかえる。いわゆるお姫様抱っことというやつだ。

そしてそのまま彼女の指差した方向へ走り始めた。ちゃんと彼女の負担にならず、ドローンがついてこられるくらいのスピードにしてある。

「君と一緒に走るよりもこうした方が速い。しばらく、我慢してくれ」

「は、はい！」

**WAKABA**：わあ～ヒゲダルマさん、やる～。

**†通りすがりのキャンパー†**：こんな可愛い女の子をお姫様抱っこだと……爆発しろ！

**月面騎士**：こりゃ華奈ちゃんのファンに見られたら刺されますわ……。

ピコンッ、ピコンッとコメント通知の音が鳴る。背中には大剣を背負っているし、前に抱きかかえるしかできないからしょうがない。

「みんなもこれから先は無駄口禁止でよろしく。何か見つけた時だけコメントを頼む！」

「くそっ、この階層はかなり広いからな。手当たり次第に走り回るだけじゃ見つけられる可能性は低いか……」

「お願い、瑠奈……」

先ほどから彼女を抱きかかえて、ベヒーモスと遭遇したという場所付近を走り回っているのだが、彼女の妹さんの姿もベヒーモスの痕跡《こんせき》も一向に見つからない。

彼女の話によると、妹さんもそれなりの探索者で、先ほどのシルバーウルフの群れほどの脅威でなければ、一人でも逃げられるという話だ。そのため、妹さんを探しつつも、一番の脅威となるベヒーモスを探しているわけだ。

それだけの巨体なら、必ず森を通る際に痕跡が残るのだが、何せこの階層の森があまりにも広すぎる。

ピコンッという通知音と共に俺の左腕のデバイスから音が鳴った。

「んっ、コメントだ」

いったんスピードを緩め、リスナーさんからのコメントを確認する。

**名無し：**さっき通った森の奥で木が不自然に何本も倒れていた気がする！　違っていたらごめん！

「おお、確認してみる！　今はアテがまったくないんだ。違っていても問題なし」

急いで通ってきた道を少し引き返すと、確かに不自然に木が倒れている一角があった。

「……当たりっぽいな。なにか巨体のモンスターがこの森を走っていた痕跡だ」

このダンジョンに長く住んでいるうちに、我流だがモンスターを狩るための追跡術なんかも身につけた。あれだけの巨体だ、その分痕跡なんかも大きい。

「しかも人の通った足跡もある。急ごう」

「ガアアアアア！」

「近い……。だけど咆哮《ほうこう》を上げるということはちょっとまずいかもしれない。悪いが先に行く！」

「は、はい！」

彼女を降ろしてから、彼女とドローンを置いて全速力で走った。間に合うといいんだが……。

◆◇◆◇◆

「ガアアアアア！」

「…………」

目の前にいるイレギュラーモンスターのベヒーモスが巨大な咆哮を上げる。ビリビリとした空気の振動がこちらにまで届いてくる。

だけどもう僕には逃げる力がない。自分の右わき腹を見ると、ベヒーモスの強靭《きょうじん》な爪によってえぐられていて、今もそこから血が溢《あふ》れ出している。

たったの一撃――ベヒーモスのたった一撃をまともに受けただけでこうなった。その鋭い爪の前には、服の下に身につけていた防具なんて紙切れも同然だった。

「お姉……」

二人とはぐれてしまってから、ベヒーモスはこちらを追ってきた。幸いベヒーモスというモンスターはそれほど足が速くないから、僕でも何とかここまで逃げることができた。

だけどここに来て、森を抜けた先が袋小路になっているなんて本当に運がないよ。意を決してベヒーモスと対峙《たいじ》したけれど、僕の剣はベヒーモスの最初の一撃で無惨に折れて、そのまま防具ごとお腹《なか》をえぐられた。

あまりにも理不尽すぎるよ……。

これまで僕とお姉はダンジョンでずっとモンスター達と戦ってきた。配信を始めても油断はしていなかったし、常に危険な行動はとらないようにしてきた。この階層だって、十分に安全のマージンはとっていたはずなのに……。

「グルルル……」

血を失って目が霞《かす》んでいく中、ベヒーモスの巨体が僕の方へゆっくりと近付いてくる。

このまま止《とど》めを刺す気なのかな……。それともこのまま食べられちゃうのかな……。

もうどっちでもいいや。

でもお願い……。

もしも神様がいるのなら、お姉だけは助けて……。

僕のたった一人の大切な家族だから……。

「ガアアアア！」

ベヒーモスが迫ってくる。僕はすべてをあきらめて目を閉じた。

「えっ……」

大きな衝突音が鳴り響いたけれど、実際には何の衝撃も襲ってこない。

ゆっくりと目を開けると、血を失ってぼやけた視界の中に誰かの後ろ姿が見えた。

◆　◇　◆　◇　◆

「あっぶねえ……。今回は本気でギリギリだったな」

イレギュラーモンスターのベヒーモスの右手の黒く鋭い爪が女の子に迫る直前でなんとか間に合ったようだ。

「グルルル！」

その巨大な右手の先にある鋭い爪を大剣で受け止めて弾《はじ》いたが、かなりの衝撃が走った。その力は明らかにこの階層に出現するモンスターのそれとは格が違う。

黒紫色の体毛に覆われ、頭からは二本のねじれた黒い角を生やした巨大な四足歩行のモンスター。確かに華奈という女の子が言っていたように普通のベヒーモスよりも黒く、一回り大きい。

俺の後ろには大怪我《おおけが》を負った華奈と顔立ちの似た女の子がいる。どうやらこのベヒーモスの爪にやられたようで、お腹からはかなりの血が流れていた。

さっきのシルバーウルフは男が華奈という子を囮《おとり》にするまで様子を見ていたが、今回は本当にギリのギリだった。さっき教えてくれたリスナーさんにはあとで感謝を伝えよう。

「だ……れ……」

「傷口が広がるから黙っていろ。すぐにお前の姉が来るから、それまで耐えてくれ」

もはや喋《しゃべ》るのもギリギリみたいだ。

とはいえ、俺もこのイレギュラーモンスターのベヒーモスに背を向けて彼女を治療している余裕はない。今の俺にできることは一刻も早くこいつを倒すことだけだ。

「ガアアアアア！」

どうやらこのベヒーモスも突然押し入ってきたこの俺を敵として認めたようだ。

「いくぜ、白牙《はくが》一文字《いちもんじ》！」

無骨で真っ白な俺の身長近くある巨大な大剣を構える。先ほどのベヒーモスの鋭い爪による攻撃を受けても傷一つ付かない俺の自慢の相棒だ。

……剣に名前を付けるなんて、リスナーさんが見たらまた何か言われるだろうな。だが、この大剣はとあるモンスターの牙を削り、一から俺自身の手で作り上げ、俺と苦楽を共にしてきた相棒だ。そのため、ダンジョンで手に入れた他のどんなものよりも愛着が強い。

「グルルル……」

先ほど戦ったシルバーウルフとは桁違《けたちが》いの威圧感だ。さすがはイレギュラーモンスター、この階層に存在していいレベルの強さではない。

今の一撃も鋭いうえに重たかった。並大抵の防具ではこいつの爪の前だと紙切れも同然で、武器はこいつの肌にまともな傷すら付けられないだろう。

だがそれでも——

「ガウウ⁉」

一直線にベヒーモスの懐へと入り込む。やはりパワーはあるようだが、あの女の子やその妹が走って逃げられるほど、その動作は鈍い！

「俺と相棒の相手をするにはお前じゃ力不足だったな」

俺が白牙一文字を振るうとベヒーモスの首が宙を舞った。

「ふう～」

ベヒーモスの首を落としたが、まだ油断はしない。このダンジョンには首を落としても平気で反撃してくるおかしなモンスターもいるからな。

……よし、どうやらもう動く気配はないようだ。

**†通りすがりのキャンパー†**：瑠奈ちゃんは見つかったか！

**月面騎士**：とりあえず、連絡はよ！

**たんたんタヌキの金**：速すぎてドローンで追えんて！

おっと、どうやらドローンも追いついてきたようだ。

「瑠奈！」

その後ろからは先ほど契約をした女の子もやってきた。

「とりあえずイレギュラーモンスターのベヒーモスは倒したぞ！」

**名無し**：早っ！　てか、マ⁉　ベヒーモスのイレギュラーモンスター討伐とか、ニュースのトップページに載るレベルのやつなんだけど！

**月面騎士**：本当に倒しているし！　てか、また戦闘シーンカットかよ！

**たんたんタヌキの金**：相変わらず配信中なのに戦闘シーンがないダンジョン配信……。

「いや、今回は結構やばそうなやつだったぞ。一度攻撃を大剣で受けたが、かなりのパワーだった。ダンジョンでは何が起こるかは分からないからな、とりあえず倒せてよかったよ」

ベヒーモスがまだ俺の動きに慣れていないうちに、俺の最速をもって懐に入り、白牙一文字でその首を一刀両断した。

その巨体と硬い肌がベヒーモスの特徴なのだが、俺の相棒の前ではそれですら脆《もろ》いものだ。

「瑠奈！　目を開けて、瑠奈！」

**月面騎士**：ヒゲダルマ、瑠奈ちゃんは無事なのか！

**名無し**：ここからじゃよく見えないぞ！

おっと、確かに今はベヒーモスよりもあっちだ。

「酷い傷！　待って、今ポーションを……」

「この傷は無理だよ……。でも、最期にお姉と会えてよかった……」

「お願い、目を開けて、瑠奈！」

「お姉……。大好き……」

「いやあああ！　死なないで瑠奈！」

「……取り込み中悪いが、ちょっと失礼するぞ」

月9のワンシーンみたいな姉妹愛を見せてもらっているところに無理やり割り込む。さすがにこの子の傷はすぐに治療しないとちょっとまずい。

俺はマジックポーチから出した瓶に入っている青色の液体を女の子のえぐられた傷口に掛けた。

「えっ、傷口が！」

**名無し**：なんじゃこりゃ！　ぐちゃぐちゃだった傷口が一瞬で塞《ふさ》がっていったぞ！

WAKABA：うわあ、相変わらずすごい治癒効果だね～。

**たんたんタヌキの金**：どう見てもチートです。本当にありがとうございます。いや、文字通りの意味で。

「えっ、うそ……痛みが消えていく」

「傷口は塞がったみたいだな。他にまだ痛むところはあるか？」

「えっと……大丈夫です。あれ、でも僕、なんで？」

「瑠奈！　よかった！」

「お姉！」

相変わらずダンジョン深部の宝箱で稀《まれ》に出てくるハイポーションの効き目はものすごい。ついでに余ったハイポーションを姉の方にも使ってあげた。

イレギュラーモンスターであるベヒーモスの死骸《しがい》をマジックポーチに収納し、いったん安全なセーフエリアへと場所を移す。

契約も達成したことだし、このままサヨナラでもよかったのだが、向こうが少し話をしたいようだ。

「ヒゲダルマさん、この度は本当にありがとうございました！」

「僕とお姉を助けてくれてありがとうございました！」

ここに移動するまでにお互いに軽く自己紹介をした。

姉の名前は華奈といい、青いロングヘアでスタイルの良い女の子だ。妹の名前は瑠奈といい、茶色のショートカットでこちらも姉と同じくとても整った顔立ちをしている。二人とも配信用の名前ではなく本名で配信をしているらしい。

瑠奈の方が双子の妹で、華奈をお姉と呼ぶようだ。双子だとあまり兄や姉と呼ぶことはないと聞いたことがあったが、そうでもないらしい。

髪型は異なるけれど、双子というだけあって顔つきや背丈などは本当によく似ており、頭には同じピンク色の蝶《ちょう》とリボンの髪飾りを付けている。

……唯一違うのは、あえてどことは言い難い身体の一部が、姉はとても大きく、妹はとても小さいという点くらいか。双子でもその辺りの成長は違うんだなという、どうでもいい知識を得た。

「俺は契約を履行しただけにすぎないから気にするな。そっちもちゃんと約束を守って、俺のことは他の人には秘密にしておいてくれよな」

「はい、もちろんです！」

「僕も絶対に守るよ！」

契約の一つに『俺のことは他の人には話さない』とあった。これについては口約束だし、この二人を信じるほかない。まあ、バラされたところで、そこまで困るものでもないけどな。

「あと瑠奈を助けられたのは、俺の配信を見てくれていたリスナーさんのおかげだからな。この人にもちゃんとお礼を言っておいてくれ」

**名無し：**へっ、俺⁉

そう言いながら、俺のドローンを指差して、腕輪のコメント欄を二人にも見せる。

華奈はともかく、瑠奈の方を助けられたのは今日たまたま来てくれたこのリスナーさんのおかげでもある。この人のコメントがなければ、咆哮《ほうこう》を聞き逃していたかもしれないし、助けが間に合わなかった可能性も非常に高い。さすがに俺も走りながら全方向を確認できるわけではないからな。

ちなみに最初はちゃんと二人のことをさん付けで呼んでいたんだが、命の恩人だからさん付けはいらないと言われた。俺としては女の子を名前呼びする方が抵抗感はあるんだけど、双子だから苗字である葵井だとどっちか分からなくなるんだよな。

「リスナーさん、妹を助けてくださって、本当にありがとうございました！」

「ありがとうございました！　あの、できれば何かお礼をしたいんだけど……」

「ああ、そうだな。俺も何か礼をしたい。少しだが、さっきのイレギュラーモンスターのベヒーモスの肉とかどうだ？」

うん、感謝の気持ちを伝えることはとても大事だが、相応の報酬を渡すことも重要だ。彼女達もそこのところをちゃんと分かっているみたいだな。

**名無し**：いやいや、報酬とかいらないよ！　ただ暇つぶしに配信見ていただけで、役に立てたのもたまたまだったし！

「謙虚な人だな。命の恩人なんだから、お金とか受け取ってもいいと思うぞ」

**名無し**：いや、なんか人の役に立てたって思えるだけで満足だよ。俺の話はもうこれでおしまいでいいから！

「……分かった、もうこれ以上は言わない。ＩＤはメモッとくから、なにかしてほしいことができたらそのＩＤで伝えてくれ」

「うん、僕も絶対に忘れない！　本当にありがとう！」

俺の古参のリスナーさんもそうだが、俺はリスナーさんには本当に恵まれていると思う。

もちろん配信を始めたころは俺もそこまで強くなかったから、リスナーさんにボロクソなコメントをもらったこともあるし、今でも釣り動画乙みたいなコメントをもらうこともある。

だけど大半のリスナーさんはとても優しく、ド素人の俺にたくさんのアドバイスをくれた。それこそみんながいなければ、もう俺はとっくに死んでいただろう。

前はこのダンジョンの中で生き延びるだけで精一杯だったから余裕はなかったが、今では先ほどのハイポーションなどの貴重なアイテムなんかもいくつか手に入れた。

そのため今の彼女達と同じく、お世話になったリスナーさんへお礼をしたいと伝えたのだが、みんなに断られてしまった。あのころの俺は若干人間不信になっていたから、リスナーさん達にはだいぶ救われたものだ。

「えっと、それでヒゲダルマさん。もし差し支えなければ、さっきのポーションがなんなのか聞いてもいいですか？」

「そうそう！　あれだけの傷を一気に治すポーションなんて初めて見たよ！　ほら、さっきまでお腹どころか内臓まで出ちゃっていたのが、もうすっかり元通りだよ！」

「ちょっと、瑠奈!?　はしたないわよ！」

「…………」

そう言いながら、瑠奈は先ほどベヒーモスにボロボロにされた服の代わりに着ていた自分の上着をめくって、傷一つないお腹を見せてくる。細身のお腹に可愛らしいおへそが見えた。

どうやらこの子は羞恥心《しゅうちしん》がだいぶ薄いらしいな。一応俺も男なんだが……。

**たんたんタヌキの金**：これこれ、こういうのがほしかったんだよ。やっぱり若い女の子が映る配信ってすばらしい！

**✝通りすがりのキャンパー✝**：瑠奈ちゃんか……ファンになりました！

**月面騎士**：チャンネル名を知っているだけで、実際に見たのはこれが初めてだな。好きです、結婚してください！

**WAKABA**：男って本当に……でも二人とも本当に可愛いわね～。

……すでにうちのチャンネルのリスナーさんが心を奪われている気がする。

う～ん、華のある配信者ってこういう女の子達のことを言うんだな。そりゃ髭面《ひげづら》男の配信に人気が出るわけがないか。

いいんだ、別に俺は配信者として成功したいわけじゃないから！

「これはハイポーションだ。多分配信者ならポーションくらいは持っているだろ。これはその上位版だ。もっと深い階層まで行けば稀にだが出てくるようになるぞ」

「やっぱり！　僕実物を見たのは今日が初めてだよ！」

「あ、あれがそうだったんですね。すみません、そんなに高価なものを……。あの、そちらの分のお礼もさせてください！」

「気にしなくていい。それも契約の範囲内だ。おかげでイレギュラーモンスターのベヒーモスが手に入った。どんな味がするのか、今から楽しみだぜ」

「確かベヒーモスって高級食材だよね。他のダンジョンの深い階層で出てくるモンスターって聞いたことがあるよ」

「この大宮ダンジョンでももう少しで出てくるぞ。確か四十一階層とかだっけかな」

「えっ……あんなモンスターが出てくるの？」

「出てくるのは普通のやつだから大丈夫だ。今回のイレギュラーモンスターは普通のやつよりも一回り大きかった気がするな」

「あと、肌の色や角の形も少し違っていたと思います。私が画像で見たベヒーモスの角とは違って、大きくてねじれていました」

「そういえばそうだった。よく見ていたな」

「い、いえ！」

最近は探索者間でのダンジョンに出てくるモンスター情報の共有が速い。モンスターの情報があるかないかによって生存率はだいぶ変わる。姉の方はしっかりと勉強しているようだ。

「……やっぱりヒゲダルマさんはこのダンジョンでとても深いところまで攻略しているんですね」

まあ、普通に気付くよな。

「そうだな、詳細は言わないが、このダンジョンのかなり深くまで攻略しているよ」

「でもどうしてそのことを発表しないの？　ダンジョンの情報を提供すれば、お金がたくさんもらえるし、有名になれるのに」

「ちょっと、瑠奈！」

「ああ、別に大丈夫だ。実はこのダンジョンで探索者をする前に外でいろいろあってな。お金とか人間関係とかが嫌になって、ずっとダンジョンに引きこもっているんだ。もう何年経《た》ったかな……。まあそんなわけで最初のころは死ぬ気でダンジョンを攻略していたから、知らないうちに強くなっていたみたいだ」

　ぶっちゃけ最初は本当に死んでもいいという気持ちでダンジョンに入ったんだよな。あのころの俺は本気で無茶をしていた。今こうして生きているのが本当に信じられないくらいだ。

「えっと……その、いろいろと大丈夫なんですか？」

「両親はだいぶ前に病気で亡くしたからな。それに帰る家は……いろいろあって、今はもうないから大丈夫だ」

「「ええっ！」」

　そう、今の俺はいろいろとあって帰る家がないのだ。

　住所があるうちに探索者としての登録をしておいて本当によかったと思う。下手をすればダンジョンに入ることすらもできなくて詰んでいたところだ。

**月面騎士**：今明かされるヒゲダルマの衝撃の事実！　ワイはとっくに知っていたけれどw
**WAKABA**：あのころのヒゲダルマさんは本当に命を捨てているみたいだったものね……。

たな！

**たんたんタヌキの金**：探索者という仕事がなければ、住所不定、無職、不審者のトリプル役満だったな！

「す、すみません！　それはその……」

「えっと……」

なにやら二人とも気まずそうにしている。

「今は好きで引きこもっているだけだから、そんなに深刻な話じゃないぞ。家を買おうと思えば買えるし、たまにはダンジョンの外にも出ているからな」

「そ、そうなんですね！　それならよかったです！」

「う、うん、外に出ることは大事だよね！」

**たんたんタヌキの金**：うわあ～年下の女の子に気を遣われる男とかｗｗｗ

**†通りすがりのキャンパー†**：男として情けなさすぎて涙が出てきましタワーｗ

「やかましい！」

思わずリスナーさんにツッコんでしまった。

ぶっちゃけ図星だよ！

年下の女の子二人に気を遣われると逆に辛い……。

「そういえばあの男は無事だったのか？」

さっき詳しく聞いた話によると、姉と一緒にいた男は彼氏ではなく、どうやらコラボと言って、お互いの配信番組に一時的に出演していただけだったようだ。

「はい。さっき見たら、残念ながら無事に戻れたみたいです。それとは別に瑠奈のドローンから私達の無事も報告して、救助も取り下げてもらっています」

「そ、そうなんだ……」

華奈がちょっと怖い……。

そりゃまあ、自分を囮《おとり》として置き去りにしたやつなんだから当然のことか。実際のところ、俺が助けなければ二人とも助からなかったわけだし。

「お姉を置き去りにして……。あいつだけ死ねばよかったのに！」

瑠奈、ストップ！

配信じゃ映せない顔になっているから！

**月面騎士**：ふむ、闇堕《お》ちした二人……悪くない！

**たんたんタヌキの金**：なんかこう、新しい扉が開かれる予感！

……うちのチャンネルのリスナーさんもいろいろとヤバイな。とりあえずこの話題は止《や》めておこう。

「ま、まあ二人とも無事で本当によかった。さて、そろそろお開きにするか。両親もだいぶ心配しているだろ」

「両親はいないから大丈夫だよ」

「…………」

**名無し**：おい、さっきたった一人の家族って言っていたんだから、察しろよ！

月面騎士：これだからデリカシーゼロ男は……。

　みんなの言う通り、今のは完全に俺の失言だ。確かに華奈はさっきそう言っていた気がする。あまりにも二人が明るい様子なので、そんなことはすっかり忘れていた。

「……すまん、失言だった」

「いえ、全然気にしていないですよ」

「さっき僕も失礼なことを言っちゃったから、これでおあいこだね」

　普通に考えて、こんなに若くて可愛い女の子がダンジョン配信をやっているなんておかしいもんな。女性の探索者やダンジョン配信者の数は圧倒的に少ない。

　ダンジョンに入るということは命の危険が伴う。普通の親なら娘がダンジョンに入るなんて言いだしたら、全力で止めるはずだ。どうやらこの二人もいろいろと訳ありのようだ。

「ああ、おあいこだな。それじゃあ、帰還ゲートまで送ろう」


†通りすがりのキャンパー†：それにしてもイレギュラーモンスターのベヒーモスかあ、どうやって料理するんだ？

「そうだな、まずは純粋な肉の味を味わいたいから、シンプルにステーキがいいな。味付けも最低限の塩コショウがいい。それからステーキを焼く時に出た肉汁を使ったソースを掛けてみたり、和風にわさび醤油《じょうゆ》で食べてみてもいいな」

WAKABA：うわ～本当においしそうだね～！

**たんたんタヌキの金**：ただのベヒーモスじゃなくてイレギュラーモンスターのベヒーモスだからな！　そんなの勝利が決まった味だろ常考！

「しばらく熟成させると肉の味も変化するから、その味の変化を楽しみつつ、薄く切ってすき焼きやしゃぶしゃぶ、衣を付けた後に揚げてベヒーモスカツなんてのもいいな」

**月面騎士**：くそう、不覚だが画《え》もないのに腹が減ってきた！

**名無し**：さすがにベヒーモスのカツ、略してベヒカツは凶悪すぎる！

ぐううう〜。

「はうっ⁉」

ベヒーモスの肉をどう料理するかをリスナーさん達と話していると、瑠奈の方、具体的には瑠奈のお腹の辺りから盛大に音が鳴った。

恥ずかしいのか顔を真っ赤にしながら、お腹を押さえている。

**月面騎士**：恥ずかしがっている瑠奈ちゃん可愛すぎ！

**たんたんタヌキの金**：こりゃあ、人気出ますわ。スクショして永久保存しておきたい！

**WAKABA**：こら、デリカシーがないわよ！　でも可愛いわね〜。

命の危機から脱したこともあって、お腹も空《す》いたのだろう。

「もしよかったら、イレギュラーモンスターのベヒーモスの肉を食べてみるか？」

「い、いえ、さすがに悪いですよ！」

華奈は遠慮しているようだが、今の俺は突然手に入ったレアな食材のおかげでかなり機嫌が良い。

「こんなに大きな肉なんだから遠慮する必要はないぞ。さすがに今日は解体作業もあるし、そっちも無事を報告しなくちゃいけないだろうから、明日とかはどうだ？」

肉が手に入ったのもある意味ではこの二人のおかげだし、少しくらい食べさせてあげてもいいだろう。この双子も悪いダンジョン配信者ではないみたいだからな。

最近はマナーの悪いダンジョン配信者も増えてきている。そういう輩《やから》には何度か嫌な気持ちにさせられてきたが、この二人ならそんなことはなさそうだ。

「ほ、本当にいいの？」

「ああ、せっかくこれだけ大きな食材を手に入れた訳だからな。もちろん予定があったら、無理にとは言わないが……」

「いいえ、予定は大丈夫です。ただ、命を救ってもらったうえにそんな貴重なものまでいただくわけには……」

「遠慮はしなくていい。……それに二人が一緒に来てくれると、うちのチャンネルのリスナーさん達も喜んでくれるからな」

**†通りすがりのキャンパー†**：ヒゲダルマ、今世紀最大のグッジョブだ！

**月面騎士**：まさかダンジョンツインズチャンネルの二人がこんなむさ苦しいチャンネルに出演してくれるだと！　盛り上がってきたぜ！

**たんたんタヌキの金**：なんならヒゲダルマは料理だけ用意して食わなくていいから、二人が食レポしているところをぜひ見せてくれ！

**名無し**：ふむ、これは明日もこの配信チャンネルを見ざるを得ないな！

……この盛り上がり方である。

いや、なんで俺が料理するだけで、食えないんだよ！

「ありがとうございます。それではお言葉に甘えさせていただきます」

「やったね、お姉！　僕、イレギュラーモンスターを食べるのなんて初めてだよ！」

瑠奈もお腹が鳴ったショックから立ち直ったらしい。

確かにイレギュラーモンスターは三十階層以降でなければ出現せず、ダンジョンに現れるのは数ヶ月に一度くらいなため、イレギュラーモンスターの肉が市場に出回ることなんてほとんどない。

俺も今からどんな味がするのか楽しみだぜ！


二人と一緒に三十五階層の赤い帰還ゲートまでやってきた。

明日落ち合う場所はまたこちらから連絡することになった。今の俺はスマホなんかを持っていないから、このヒゲダルマチャンネルで使っている連絡先をすでに教えている。

「それじゃあ二人とも、気を付けてな。明日の場所は後で連絡するよ」

「この度は本当にありがとうございました。あの、明日もよろしくお願いします！」

「ヒゲダルマさん、また明日ね！」

華奈は俺に向かって頭を下げ、瑠奈は笑顔でブンブンと手を振りながら、ゲートへと消えていった。

二人を見送って、俺も自分の家がある階層を頭の中に浮かべながら帰還ゲートを通る。そしてその階層にある、俺が日々の生活を送っているセーフエリアまでやってきた。

深い階層に住んでいる俺の場合はセーフエリアの自分の家に帰るまで油断は一時もできないからな。むしろ家に帰るまでと出る時がどこよりも強いモンスターが出現するから一番危険なのである。


「さて、そんじゃあ解体作業を行うか」

無事にセーフエリアにある自宅へと戻ってきた。今日はこのまま先ほど狩ってきたコカトリスとベヒーモスの解体作業を行う。

**名無し**：モンスターの解体動画か……。めっちゃグロかったらそのシーンだけ離脱するわ……。

「ああ、その辺りはダンジョン配信の規制にも引っ掛かるし、内臓を取り除いたりする時はドローンをオフにするから安心してくれ」

ダンジョン配信も細かな規制が多く、配信をする時は注意をしなければならない。まあ、俺の配信を見ている人が少なすぎてリスナーさんもほぼ固定だから、通報されることはないと思うけれど。

「それじゃあ、マジックポーチからコカトリス二匹とベヒーモスを取り出してと……」

ダンジョン内に現れるモンスターはダンジョンの外の動物と同じように血抜きや解体作業を行わなければならない。

大半の探索者はダンジョンの外にあるモンスター素材の買い取り所にいる専門家に任せることが多いが、俺はダンジョン内で自給自足の生活をしているので、当然解体作業も自分自身で行っている。

「よし、まずは血抜きからだな」

基本的に肉というものは血抜きをしないとまずくなる。血抜きをすることによって、腐敗を遅くし、肉の生臭さを取ることもできる。

コカトリスもベヒーモスも首をスパッと斬ってからすぐに収納したので、肉は新鮮な状態だ。このマジックポーチは収納した段階でそのまま時が止まるから本当に便利な道具だよな。

**名無し**：コカトリス二匹とベヒーモスが首のない状態で吊《つ》るされているとかホラーすぎるんだが……。

**†通りすがりのキャンパー†**：まあ、モンスターの解体動画とかでも見られない光景だな。

**月面騎士**：この前作った巨大なモンスターを吊るすためのハンガーもいい感じだ！

すでに首は斬ってあるので、コカトリス二匹とベヒーモスの巨体をこの前作ったハンガーへと吊るす。もちろんこれだけの巨体を吊るしても問題ない強度の素材を使用している。

そしてこれだけの巨体であっても、今の俺の力なら楽々と高いハンガーへと吊るすことができた。

「さて、しばらくの間は血が流れるのを待つか。その間に水を用意してと……」

血を抜いた後は一度水で身体の表面に付着した泥や血などを洗い流す。そのあとはいよいよ本格的に解体作業だ。

内臓を摘出して皮を剥《は》いで枝肉に切り分けていく。この際に胃腸や膀胱《ぼうこう》などの内容物が肉に付着しないように丁寧にやらなければならない。

ちなみに解体方法はリスナーのキャンパーさんからいろいろと教わった。この人は本当にモンスターの生態から解体方法まで様々なことに詳しいのである。

解体作業はかなりの労力となるが、時間はいくらでもあるからな。それにこの作業の先においしい肉が待っていると考えると、今から楽しみで仕方がない。

さあ、頑張るとしよう！

◆◇◆◇◆

「ヒゲダルマさん」

「ヒゲさん」

「華奈、瑠奈、こっちだ」

そして翌日、俺が連絡をした場所へと二人がやってきた。

俺が住んでいる場所は深い階層にあって、二人はそこまで来ることができないから、二人が行ける三十七階層までのどこかのセーフエリアになる。

ここ三十三階層にあるこのセーフエリアはゲートから離れていることもあって、ほとんど人が来ない場所だ。

そもそもこの三十三階層まで辿《たど》り着《つ》いている探索者自体がかなり少ないみたいだしな。

「うわあ～すっごいテーブルと椅子だね！」

「……もしかして、こちらはヒゲダルマさんが作られたんですか？」

「ああ。昨日も言ったが、ここ数年はダンジョン内で暮らしているからな。基本的にほとんどの物を自作しているんだ」

セーフエリアに設置したテーブルや椅子は俺が自作して、マジックポーチに入れてここまで持ってきた物だ。

テーブルの方は大きな木材を切り出してから磨き上げて、仕上げにニスのようなダンジョン産の樹脂を塗って乾かしてできたものだ。結構大きなテーブルなので、三人分の料理を広げても十分に余裕がある。

ダンジョンの外の木にはないこの美しい木目が特徴的だ。テーブルの脚は枝をそのまま使っているから、自然味溢《あふ》れるテーブルとなっている。

「うん、こっちの椅子の座り心地も最高だよ！」

「ええ。とっても柔らかくて気持ちいいです！」

「見た目は少し不格好かもしれないが、結構良い素材を使っているから座り心地も良いと思うぞ」

ダンジョン内で暮らしていると、時間だけはいくらでもあるからな。自然と凝った物を作りたくなってしまうのである。

この椅子はウドラーという植物型のモンスターの素材を枠組みとして、座る部分と背もたれの部分にはガルーダの羽毛を使用したクッションが付いた自慢の一品だ。

多少手作り感が溢れて不格好に見えるかもしれないけれど、ガルーダの羽毛はダンジョンの外では高級家具にも使われている素材で、優しく身体を包みこんでくれる椅子になっている。

**たんたんタヌキの金**：いやあ〜やっぱり綺麗《きれい》どころが揃《そろ》っている配信はええのう〜。

**月面騎士**：オッサン臭いw　でも正解！

**†通りすがりのキャンパー†**：間違いなく髭面《ひげづら》の男一人の配信より華があるのは間違いない！

**ケチャラー**：うおおおお〜マジでダンジョンツインズチャンネルの華奈ちゃんと瑠奈ちゃんがヒゲダルマの配信に映っている‼　昨日の配信のアーカイブを夜見たけれど、未だに信じられん！

**XYZ**：昨日の配信を見て、今日は全裸待機してた！

テーブルの上には黒い一メートルほどの棒状の装置があり、そこから空中にリスナーさん達のコメントが浮かび上がっている。

これは俺の腕輪型デバイスと連動していて、俺が現在配信している動画に上がったコメントを表示してくれるデバイスだ。これがあれば、俺の腕輪型デバイスの小さな画面ではなく、大きな画面で華奈や瑠奈もみんなのコメントを見ることができる。

ちなみにケチャラーさんとXYZさんはヒゲダルマチャンネルを登録してくれているリスナーさんだ。昨日はリアルタイムでは見ていなかったようだが、今日は華奈と瑠奈が配信に出るということで、ライブ配信で見てくれているようだ。

「そういえば、昨日帰った後は大丈夫だったか？」

「はい、心配を掛けた皆さんには謝罪とお礼を伝えておきました。もちろんヒゲダルマさんのことは伝えていないです。瑠奈と一緒にイレギュラーモンスターのベヒーモスからはなんとか逃げ切れたと伝えています」

「そうか、すまないな。あと、あの男はどうなったんだ？」

「残念だけれど、僕とお姉を置いて逃げたあいつは罪にはならないって……」

「まあ、そればかりは仕方がないか……」

日本ではダンジョンが現れてからダンジョン法という法律が制定された。ダンジョン法によると、ああいった状況で仲間を囮《おとり》にして逃げたとしても、緊急避難として扱われるのかもしれない。

そもそもダンジョンへ自ら入っている時点で、その辺りは覚悟しなければいけないことなんだよな。

「法律的には厳しいですが、ダンジョン配信者として仲間を裏切って見捨てた件は許されることではないですからね。相手が有名な配信者ということもあって、正式な発表はしばらく後になりそうですが、しっかりと公表させていただきます」

「うん、今マネージャーさんが話を進めてくれているって！」

なるほど、確かに法的には罰せられないが、有名なダンジョン配信者としては致命的なイメージダウンだろうな。

**海ぶどう**：一緒にいた仲間を裏切ったんだから、当然の報いだな！

**WAKABA**：仲間を囮にしたダンジョン配信者の配信なんて見たくもないのが人情だもんね～。

**†通りすがりのキャンパー†**：まあ二人は助かって、そいつはダンジョン配信者として終わりだから、結果的にはよかったのかもしれないな。

キャンパーさんの言う通り、結果的にはこれでよかったようだ。

ちなみにこの海ぶどうさん、昨日瑠奈を探していた時にベヒーモスの痕跡《こんせき》を見つけて、コメントで教えてくれた『名無し』さんである。ありがたいことに、あのあと俺の配信をチャンネル登録してくれて、自身のハンドルネームを設定してくれたようだ。

……まあ、当然の如く、二人のチャンネルも登録したみたいだが。

「問題なさそうならよかったよ。さあ、それじゃあ、早速ベヒーモスの肉を食べよう！」

テーブルと椅子と同様にマジックポーチから調理台を取り出す。すでに下準備は終えているが、肉は目の前で焼かないとな。

料理はできるまでの工程なんかも大事である。

「あの、ヒゲダルマさん。もしよろしければ、調理しているところを見せてもらってもいいですか？」

「うん、僕も見てみたい！」

「ああ、別に構わないぞ。と言っても、あとは焼くだけだけどな」

マジックポーチから解体してカットした肉を取り出す。

昨日少し試食をしてみたけれど、この肉は焼けば十分に柔らかくなるから、軽く筋を切るだけで十分だ。

「む、紫色の肉って、なんだかすごいね……」

「まあ、見た目はちょっとあれだけど、焼けばうまいから大丈夫だ」

この肉の色は普通のベヒーモスよりも濃い紫色だ。ブラックドラゴンの肉の黒色も微妙だけれど、紫色のこの肉もあまり見た目がよくないかもしれない。

「さて、まずは熱したフライパンにベヒーモスの脂を引いてと……」

フライパンに解体したベヒーモスの皮と肉の間にある脂肪の牛脂ならぬベヒーモス脂を引いていく。やはり基本的には同じ素材の脂身を使用した方が肉に雑味が付かない。

フライパンに十分に火が通ったら、肉の両面に塩コショウを振ってフライパンに肉を投入する。

「うわあ～火を通す前はあんまりおいしそうに見えなかったけれど、すごくおいしそうだね！」

「ええ。とってもいい匂いです！」

ジュ～ジュ～と焼けるベヒーモスの肉からはなんとも言えないおいしそうな肉の香りが漂ってくる。

やはり肉はこの焼いている瞬間がたまらない。一気に高温で肉を焼き上げた際の音や香りや煙がより一層食欲を刺激してくる。

ぐううう～。

「はうっ⁉」

「ひゃっ⁉」

ベヒーモスの肉を焼いていると、俺の両隣からまさかの二人同時にお腹の音が鳴った。

「ち、違うんだよ！　今日はおいしいベヒーモスのお肉が食べられると思って、朝食を抜いてきたせいだよ！」

「そ、そうです！　いつもよりお腹が空《す》いていたせいです！」
瑠奈も華奈も顔を真っ赤にしながらお腹を押さえている。
あまりにもタイミングが良かったから、笑ってしまいそうになったのを何とか堪《こら》える。二人とも
だいぶ恥ずかしがっているし、笑ったら悪いよな。
**ケチャラー**：うおっ⁉　なんだこの可愛らしい生き物は！
**月面騎士**：昨日のデジャブw　さすが二人とも分かっている！
**海ぶどう**：確かに配信を見ているだけでもこれだけおいしそうだから、実際に目の前で料理シーン
を見たら腹も鳴りそうw
**WAKABA**：こら、こういう時は見て見ぬフリをしなくちゃ駄目だよ～。
リスナーさんからもたくさんコメントされている。
「よし、焼いた肉をアルミホイルに包んでしばらく休ませたら完成だ。あとちょっとだけ待ってい
てくれ」

「ほい、お待たせ。軽く塩コショウを振っているから、まずは肉の味をしっかり味わってくれよ」

「うわあ～すっごくおいしそう！」

「本当においしそうですね！」

瑠奈と華奈の前にイレギュラーモンスターのベヒーモス――長いからイレギュラーベヒーモスと
呼ぶが、そのステーキが載った皿を置く。俺もほんの少しだけ味見として食べたが、本格的に味わ

うのは初めてだ。

アルミホイルに肉を包んでからの数分間は二人とも自分のお腹を必死に押さえてお腹の音が鳴らないようにしていた。その可愛らしい様子がリスナーさん達にはかなり好評だったな。

ステーキの焼き方は昨日食べたブラックドラゴンと同じだ。やはり初めて食べる肉はステーキに限る。

**海ぶどう**：おお～これが例のベヒーモスの肉か！　めっちゃうまそう！

**†通りすがりのキャンパー†**：焼き上がると普通の肉の色と変わらないな。とりあえずはよ、実食キボンヌ！

瑠奈と華奈だけでなく、リスナーさんからもコメントが入る。

「それじゃあ、いざ実食！」

焼きあがったベヒーモスのステーキの一切れをフォークに突き刺し、口元へと運ぶ。

色はともかく、とても良い香りだ。ドラゴンの肉と比べると肉のサシが少なく、脂は少なかった。筋肉質なモンスターだったし、赤身肉の割合が多いのだろう。

「うん、うまい！　噛《か》み応えがありながらも、とても柔らかくて、噛めば噛むほど肉の旨みが溢れてくる。脂の旨みというよりも、赤身本来の旨みが十分に伝わってくるな。普通のベヒーモスでも十分うまいのにこれはそのさらに一段上をいく味だ！」

「……っ‼　なにこれ⁉　僕こんなにおいしいお肉を食べたのは初めてだよ！　それに思ったよりもすっごく柔らかい！」

「ええ、私もこれほどのお肉は初めて食べました！　すごいです、自分へのご褒美で食べたことがあるレッドドラゴンの肉よりも遥《はる》かにおいしいです！」

イレギュラーベヒーモスの肉は、以前に食べたことがある普通のベヒーモスの肉よりも赤身の旨みが遥かに濃厚だった。

どうやら瑠奈と華奈も初めて食べる味だったようで、とても驚きつつもナイフとフォークの動きは止まらないようだ。

**ケチャラー**：くそう、相変わらずうまそうに食いやがって……。昼間っから酒が飲みたくなるじゃねえか！

**月面騎士**：あああああ！　普通のベヒーモスでさえ食ったことがないのに、イレギュラーモンスターのベヒーモスとかどんな味がすんだよおおお！

**XYZ**：うむ、やはり髭面のおっさんが一人で食レポをしているよりも、可愛い女の子がおいしそうに食べている方が千倍いいな！

**たんたんタヌキの金**：激同《はげ》！　二人が食べている方がよりおいしそうに感じる！

さすがにそんなことを言われてもなあ……。

まあ、確かに二人がこれだけおいしそうに食べてくれると、俺も料理をした甲斐《かい》があるというものだ。誰かと一緒に食事をするのなんて本当に数年ぶりだが、久しぶりにこういった食卓も悪くはない気がする。

「ヒゲさん、本当にご馳走《ちそう》さま！」

「ヒゲダルマさん、助けていただきましたうえに、これほどのおいしい料理をありがとうございました」

「肉はたくさんあるから気にするな。満足してもらったようで、俺も解体と料理を頑張った甲斐があったよ」

結局イレギュラーベヒーモスのステーキを一人二枚ずつ食べた。一枚目を食べたところで瑠奈も華奈も遠慮していたみたいだが、すでに多めに焼いているからという理由で食べてもらった。

イレギュラーベヒーモスはかなり大きめのモンスターだったので、食用部分はまだ山ほどあるからな。

**海ぶどう**：解体だいぶ頑張っていたもんなあ……。うっ、あのグロ動画を思い出してしまう……。

「そうだな、解体はだいぶ頑張ったよ。普通のベヒーモスよりも筋肉質だったからなあ。でも実際に焼いて食べてみると、かなり柔らかくなっていて食べやすいぞ」

解体作業も慣れたものだったが、ベヒーモスは大きかったし、コカトリスも二体いたからとにかく量が多かった。それに新規さんには解体作業の動画は少しきついはずだ。

内臓を処理する際は配信の規制もあるからドローンをオフにしていたが、それでも解体作業はグロい部分もあるからな。

「えっ、もうあんなに大きなベヒーモスを全部解体しちゃったの!?」

「すっ、すごいですね。私達も最初は自分達で解体作業をしていましたが、時間がかかりすぎるので大きなモンスターは買い取り所に任せてしまっています」

「最近だとそれが普通だよな」

ダンジョンの外にはモンスターを解体したり、モンスターの肉や素材を買い取ってくれる専門の買い取り所がある。攻略が進んでいくと、買い取り所に任せる探索者やダンジョン配信者の方が多くなってくる。

「時間だけはいくらでもあるからな。解体も料理も全部自分でやるようにしているんだ」

**†通りすがりのキャンパー†**：時間だけはいくらでもあるとか、一度でいいから言ってみたい……。

**WAKABA**：たまにヒゲダルマさんが本当に羨《うらや》ましくなる時があるよね～。

**XYZ**：去年の大型連休で久しぶりの休みを満喫しているところにその日が連休であることを知らなかったと言ったヒゲダルマには本気で殺意が湧いたぞ！　世の中のサラリーマンがどれだけ連休を待ち望んでいると思っているんだ！

確かに俺も昔は働いていたからXYZさんの気持ちは多少分かるのだが、今のダンジョンでの生活には祝日も曜日も関係がないからな。

ダンジョンの外がいつ連休であるかなんて知らないのだよ。

「でも僕達もたまに曜日感覚がなくなっちゃうよね」

「そうですね、配信日も不定期なので、特に平日は何曜日か分からなくなってしまいます」

**海ぶどう**：うん、ダンジョン配信者は曜日が分からなくなってしまってもしょうがないよね！

**†通りすがりのキャンパー†**：ああ。瑠奈ちゃんと華奈ちゃんはダンジョン配信で忙しそうだからな。そりゃ曜日の感覚がなくなってしまっても納得だ！

「おい、俺も二人と同じダンジョン配信者なんだが！」

**たんたんタヌキの金**：ヒゲダルマが二人と同じとかおこがましい！

**ケチャラー**：ちゃんとリスナーのことも考えて配信できるようになってから言え！

**月面騎士**：サムネや動画編集で何の工夫もせずに二人と同じとか舐《な》めているのか！

**WAKABA**：せめてもう少しチャンネル登録者数とリスナーさんを増やさないとね～。

「うぐっ……」

まさかのリスナーさんからの総ダメ出しだった。

そしてみんなの言うことが正論すぎる……。

「そっ、そういえばあちらの調理台も素敵でしたね。ヒゲダルマさんはいろいろな物が作れて本当にすごいです」

「まあ、自分でいろいろと作り始めて長いからな。今なら大抵の物なら作れると思うぞ」

「うわ～すごいね！　こっちのテーブルもしっかりしているし、お洒落《しゃれ》ですっごく良いと思うよ！」

「おお、それは嬉《うれ》しいな。テーブルもいくつか作ってみたけれど、このテーブルが一番うまくできたんだよ」

**たんたんタヌキの金**：また、年下の女の子達に気を遣われちゃっているよw

**XYZ**：ホンマに華奈ちゃんと瑠奈ちゃんはええ子やな～。やかましい！

自分でも分かっているから、そっとしておいてほしい。

「このウドラーというモンスターの木材もいいんだけれど、トレントの木材がそろそろ少なくなってきたんだよ。トレントは決まった場所に生息していないから、探すのが厄介なんだよな」

ウドラーは四十七階層の森エリアのある程度決まった場所に生息するモンスターだ。

トレントの方は三十一階層から四十階層のどこにでも出てくる代わりに、決まった生息場所を持たず探すのがかなり手間になる。数自体は少ないのだが、一体でも見つけてしまえばその辺りに何体か生息していることが多いという特徴を持っている。

「あっ……」

「ヒゲさん、僕達つい最近トレントを見掛けたよ！」

「なに、本当か！」

「はい。数日前ですが、三十四階層で見掛けました」

「特に必要な素材じゃなかったから、戦わなかったけれど、場所も覚えているよ」

「もしよかったら、その場所を教えてくれないか？」

「はい、もちろんです」

「うん、僕達で案内するよ」

「ああ、いや。さすがにそれは悪いから、場所を教えてくれれば自分で探すぞ。二人ともダンジョン配信が忙しいんだろう？」

「いえ、実は例の件が発表されるまで、しばらく配信はしないようにマネージャーさんから伝えられています。もしよろしければ案内させてください！」

「今日はこんなにおいしいお肉をご馳走になっちゃったし、それくらいさせて！」

「……そうか、二人が大丈夫なら、悪いが案内を頼んでもいいか？」

二人が大丈夫なら甘えるとしよう。もしかしたら少しでも恩を返してくれようとしているのかもな。

「はい、任せてください！」

「うん、もちろんだよ！」

それに正直なところ、階層を全部走り回るのは面倒だからな。

**月面騎士**：ヒゲダルマ、再びグッジョブ！

**海ぶどう**：まだ華奈ちゃんと瑠奈ちゃんがこの配信で見られる！

**†通りすがりのキャンパー†**：むしろ華奈ちゃんと瑠奈ちゃんがメインで良いんじゃないの？

**ケチャラー**：賛成！

「……一応言っておくが、この配信は俺の配信だからな」

リスナーさんも喜んでくれているようだ。

決して先ほど配信者としてリスナーさん達のことを考えてなさすぎると言われたからじゃないぞ、うん。

「それじゃあ、二人とも明日はよろしく頼むな」

「はい！」

「うん！」

食事を終えてこの階層の帰還ゲートへとやってきた。

このあと二人は昨日の件でマネージャーと話す予定があるそうなので、案内は明日頼むことになった。

「そうだ、こいつは返しておこう」

二人と別れるところで、昨日華奈からもらったマジックポーチを彼女へと返した。

「えっ、これは昨日ヒゲダルマさんに助けていただいたお礼です」

「いや、例のベヒーモスを倒せたから、それで十分だ。これまで受け取ってしまったらもらいすぎだから返すよ」

「そんな……昨日使ってもらったハイポーションの分だって返せていないのに……」

「いいから、気にするな。中を見させてもらったが、入っていた素材は一通り揃《そろ》っているから大丈夫だ」

華奈からもらったマジックポーチには探索で手に入れたと思われる様々なモンスターの素材やマジックアイテムなどが入っていたが、その素材やマジックアイテムは一通り持っていた。

このマジックポーチ自体もダンジョンの外ではかなり価値のある物だし、明日はわざわざ俺に付き合ってくれるというのだから返しておきたい。

「……ヒゲさん」

「んっ、なんだ？」

「えいっ！」

「ちょっ、瑠奈⁉」

「…………」

なぜかなんの脈絡もなく、瑠奈が抱き着いてきた。

防具越しにだが、女の子特有のいろいろと柔らかな感触が伝わってくる。

**†通りすがりのキャンパー†**：ちょっ、瑠奈ちゃん何しているの！

**月面騎士**：ヒゲダルマ、ちょっと俺と替われ！

**ケチャラー**：リア充爆発しろ！

**WAKABA**：きゃ～！

コメントの方も騒がしい。というか、瑠奈はいきなり何をするんだ？

「どうかな、これでちょっとはお礼になった？」

「……ああ、逆にこっちがもらいすぎなくらいだ」

「本当！　やったー！」

天真爛漫《てんしんらんまん》という表現がとてもよく似合う笑顔の美少女からのハグ。世捨て人となっていた俺でも、ちょっと来るものがあったぞ。

というか、瑠奈の無防備さは将来が少し心配になるな……。

「まったく、瑠奈ったら」

「そういうわけでお礼は十分にもらったから、遠慮なく受け取ってくれ」

「……分かりました、本当にありがとうございます」

結果として、向こうも遠慮なく受け取ってくれるようになった。まさか、計算していたりはしないよな……？

「ヒゲさん、また明日ね！」

「まったく、瑠奈ったら……ヒゲダルマさん、今日は本当にご馳走《ちそう》さまでした」

「ああ、すまないが明日はよろしく頼むぞ」

瑠奈はブンブンと手を振り、華奈は頭を下げてからゲートへと消えていった。

**海ぶどう**：ああ～瑠奈ちゃんと華奈ちゃんがいなくなってしまった……。

**たんたんタヌキの金**：またいつものむさ苦しい男一人になってしまったか……。

**月面騎士**：それにしても本当に良い子達だよなあ。ぜひこのままずっとこの配信に出てほしい！

あからさまにリスナーさん達ががっかりしている。

確かに二人はダンジョン配信者の中では悪い子ではなさそうだ。とはいえ、彼女達は有名な配信者らしいし、俺の配信も目立ちすぎるとダンジョンの中で暮らしているのがバレてしまう。

ダンジョンに住む、なんて奇特なやつは自分以外に知らないが、それがバレて大騒ぎになったり、ダンジョン法で規制されたりするのは嫌だからな……。

それに二人みたいな若くて有名な配信者の女の子達が俺なんかと会う理由もないだろうから、明日までの付き合いになるだろう。

◆◇◆◇◆

「ヒゲダルマさん、こんにちは」

「ヒゲさん、こんにちは」

「ああ、今日はよろしく頼むな」

待ち合わせていた時間の五分前に三十四階層の赤いゲート前へやってくると、すでに二人は待っていてくれた。

**海ぶどう**：華奈ちゃん、瑠奈ちゃん、こんにちは！
**XYZ**：くう〜相変わらず二人とも可愛らしいぜ！
**ケチャラー**：それに引き換え、ヒゲダルマの格好が酷すぎて草生えるw

いつも通り俺の左腕に付けたデバイスから宙にリスナーさん達のコメントが浮かぶ。とはいえ、今日のコメントは小さすぎて二人からはあまり見えないだろう。

ちなみに今日もヒゲダルマチャンネルで配信をしているのだが、この配信は限定配信といって、俺が招待したリスナーさんしか見られないようになっている。

昨日聞いた話によると、華奈と瑠奈は正式な発表があるまでは配信をしないようマネージャーに止められているらしい。

ほとんど人が来ないとはいえ、念のため限定配信にした方がいいとリスナーさんから言われたので、俺と親しいリスナーさん達だけ招待しておいた。

「それじゃあ周囲に気を付けながら進んでいこう。コメントの通知はオフにしておくから、適当なところでまとめて見るな」

この階層なら問題ないとは思うが、ダンジョンの中は何が起こるか分からない。探索中は絶対に油断しないようにコメントの通知機能はオフに設定しておく。

この階層は途中までが見晴らしの良い草原で、途中から森林になっている。華奈と瑠奈がトレントを見掛けた場所は森林の奥の方にあるらしい。

二人と一緒に並びながら階層の奥の方へ進んでいく。


「そういえば瑠奈はまだ予備の武器しか持っていないんだったよな？」

「うん、イレギュラーモンスターのベヒーモスに一撃で折られちゃって、新しい武器を調達しているところなんだ」

瑠奈の武器であった短剣は根元からポッキリと折られてしまい、服の中に着込んでいた防具はベヒーモスの爪によりえぐられてしまったらしい。

しかし防具はともかく、武器はすぐに同じ物を用意するのは難しいからな。今は新しい武器を手配しているところなのだろう。

「私も前回のベヒーモスとの戦いで力不足を感じていたので、新しい武器や防具を用意しているところです」

どうやら華奈の方も武器を新調するらしい。

華奈の武器はロングソードで、瑠奈の武器は短剣だったな。しっかりとした店で作られたようで、鞘《さや》や柄《つか》にまで細かな装飾が施されていた。鞘などはなく留め具で背中に固定している俺の白牙一文字とはだいぶ違う。

ダンジョンを探索する際の武器や防具は非常に重要だ。だが、そのどちらもそう安いものではないので、どのタイミングで新調するのか悩ましいんだよ。

さすがに階層を更新するごとに新調するのも難しいだろうな。そういう意味だと、先日のベヒーモスと遭遇したのはちょうど良い機会だったのかもしれない。

「そういえば、ヒゲさんの武器は市販の武器じゃないよね？」

「ああ、最初は既製品だったが、階層が進むにつれて物足りなくなってきて、武器と防具を自分で作るようになったんだ」

俺は背中に背負った大剣である白牙一文字を抜いて二人に見せる。

ダンジョンを攻略中に階層を進んでいくと、既存の武器と防具ではもの足りなくなってきた。

オーダーメイドの武器と防具を扱っている店もあるから行ってみたのだが、当時の階層で得たモンスターの素材を加工できるような店は一見《いちげん》さんお断りの店しかなかったのであきらめた。

俺のは武器や防具といっても、金属を加工したりするわけではなく、モンスターの骨や牙を削り出したものや、鱗《うろこ》などを組み合わせて作った簡易なものとなっている。

「……すごいですね。こんな素材は初めて見ました」

「うわ〜すごく硬いね。カチカチだよ」

俺の白牙一文字を触りながら瑠奈がそんなことを言う。

……いろいろと際どい発言だったから、今頃リスナーさん達のコメント欄はさぞ盛り上がっていることだろう。

「ここよりもかなり深い階層のモンスターの素材だからな。加工できるような道具もないから、リスナーさんからアドバイスをもらって、少しずつ削ってこの形にするまでかなり苦労したぞ」

白牙一文字の素材になった牙はあまりにも硬すぎて、ダンジョンの外の道具では加工が不可能だった。

そのため、リスナーさんにアドバイスをもらい、同じ硬度の牙をもう一つ用意してそれを削り合い加工していった。素材の確保から加工までかなりの労力と時間が掛かった分、思い入れも強い。

「それじゃあモンスターが現れたら、戦闘は俺が担当する。その間は周囲の警戒と、他のモンスターが出た時には牽制《けんせい》を頼む」

「はい、分かりました！」

「うん、任せて！」

二人は万全の装備ではなく、今回の探索は俺が付き合ってもらっているので、基本的に俺が戦闘を行う。

二人の戦闘の参考になるように頑張るとしよう。

「……よし、森の入口まで到着したな。ここからは視界が悪くなるから、さらに周囲を警戒しながら進むぞ」

「「…………」」

「んっ、どうかしたか？」

ここに来るまでに何度かモンスターと遭遇したが、すべて一撃で倒してきた。

森の入口までやってきて、装備を再確認しつつ二人にさらに警戒を強めるよう伝えたが、なぜか二人はポカンとしている。

「いえ、ヒゲダルマさんの戦闘があまりにも速すぎて驚いています。残像を追うだけで精一杯でした……」

「ぼ、僕もほんの少ししか見えなかったよ。人ってこんなに速く動くことができるんだね……」

**たんたんタヌキの金**：うん、普通の人の反応だとそうなるよなｗｗｗ

**月面騎士**：そりゃドローンのカメラでスロー再生してもあれだけ速いんじゃあ、肉眼で見たらさらに速く見えるだろうな。確かに人の動きじゃない……。

**ケチャラー**：大宮ダンジョンの探索者で上位の華奈ちゃんと瑠奈ちゃんでも動きを追えないとなると、トップレベルの探索者じゃないとヒゲダルマの動きは追えないのか。うん、見た目からしても人じゃないよなｗ

……いや、人だから。

森へ入る前に一旦コメントを確認するとリスナーさん達に言われたい放題だった。

「ヒゲダルマさんの戦闘を改めて見ましたが、本当にすごいですね」

「うん。でもすごすぎて、あまり参考にはならないかもね……」

そういえば華奈と瑠奈は俺の戦闘をまともに見るのは初めてになるのか。シルバーウルフの群れとイレギュラーベヒーモスに襲われていた時にはそれどころじゃなかったもんな。

「ダンジョンを探索していけば、少しずつ強くなれるから焦る必要はないぞ。ただし、探索する時に無茶だけは厳禁だからな」

「はい、分かりました！」

「うん、分かったよ！」

二人ともだいぶ素直だな。

ダンジョン探索者やダンジョン配信者には人の話をまったく聞かない輩も多いが、真面目な二人なら、すぐに強くなるだろう。

というか、二人ともこれだけ若くして三十七階層まで攻略を進めているのなら、今の段階で十分に強いのかもしれない。

「それじゃあ改めて森の中を進んでいくぞ」


「よし、こっちの方だな」

トレントが生息していたという場所へ、二人の案内に従って進んでいく。

森の中は視界が悪くてモンスターの奇襲が多いため、視界が開けた草原以上に面倒なエリアだ。

つい先ほどもブラックベアというクマ型のモンスターがいきなり襲ってきたもんな。このモンスターも食べるとそこそこおいしいので、マジックポーチに収納しておいた。

「……お姉、大丈夫そう？」

「え、ええ。今のところ大丈夫よ」

「華奈、大丈夫か？　気分が悪いなら無理をする必要はないぞ。トレントのだいたいの場所は教えてもらったし、一度森から出るか？」

何やら少し華奈の気分が優れないようだ。もしかすると、ベヒーモスやシルバーウルフの群れに襲われた後遺症なのかもしれない。

一度ダンジョン内で死にかけた探索者や配信者がモンスターを前にすると、その時の恐怖がよみがえって動けなくなる、いわゆるトラウマになることがあるようだ。

その場合は無理をせずに少しずつ治していくことが勧められている。

「すみません、以前この階層を探索した時のことを思い出してしまいました。もう大丈夫です」

「……そうか。それならいいが、無理だけは絶対にするなよ。何かあったら、すぐに俺か瑠奈に言うんだぞ」

「は、はい！」

「やっぱりヒゲさんは優しいね！」

「いや、別にそういう訳じゃないんだが……」

単に探索中に嘘《うそ》を吐《つ》いたり、異常を隠すのはよくないと思っただけなのだが……。

たぶんリスナーさん達からも、そんなわけがないと突っ込まれていることだろう。

「おっと、トレントが出てきたな」

「「……っ⁉」」

二人と話をしながらも周囲の警戒を怠らずに森の奥へ進んでいくと、探していたトレントがその姿を現した。

大きな巨木に人の顔のような模様が浮かび上がっている。その樹木の両側からは大きな枝がまるで腕のように生えて動き回っていた。

「シュウウウ！」

そして浮かび上がった人の顔の模様からは風が吐き出され、うめき声のように聞こえてくる。

華奈と瑠奈も一気に戦闘態勢に入り、武器を抜いてトレントへと向けていた。

いざ斬り掛かろうとしたその時、シュッという風切り音が聞こえた。

「おっと！」

先手必勝と言うかのようにトレントの両腕の枝が一気に生長して伸び、こちらを襲う。それを白牙一文字で斬り落とすと、鋭く尖《とが》った枝の先が地面へと落ちた。

相変わらずモンスターの身体の仕組みがどうなっているのかはよく分からないが、この鋭く伸びた枝が突き刺さったら結構なダメージになりそうだ。

「シュウウ⁉」

再び伸ばしてきた鋭く尖った木の枝を斬り落としつつ、一直線に前へと進む。身体能力の強化された俺の目にはトレントの伸ばした枝がスローに見える。

トレントの懐へ入り込み、数メートルもある巨大な幹を根元から一気に斬り倒した。

「……よし、動かなくなったか」

大きな音と共に巨大なトレントが倒れる。いつも通りトレントが完全に動かなくなるのを確認してから剣の構えを解いた。

こいつは枝をどれだけ斬ってもすぐに伸びてきて倒すことができない。トレントを倒すには木の幹本体を攻撃しないと駄目だ。

最初のころはトレントの幹を少しずつ攻撃して倒していたが、今ではトレントを根元からたったの一撃で斬り倒すことができる。

「うわあ～あんなに硬くて耐久力があるトレントをあっという間に倒しちゃったよ！」

「今回は少しだけ動きを追えましたが、本当にすごいですね。私達では何十回も攻撃を加えてようやく倒すことができる相手です」

「トレントはなるべく幹の部分に傷を付けず倒した方が質も上がるからな。こいつは良い素材になるんだよ」

トレントの木材は家具を作るため高級素材として扱われている。普通の木材であったら、切り倒した後にしばらく乾燥させてから使うのだが、こいつの場合はそのまますぐに木材として使用できてありがたい。

「さて、トレントは群生する習性があるからな。予備も含めて、あと二、三体は確保しておきたいところだ」

「いやあ～大量だな。まさか四体分もトレントの素材を確保できるとはな。これも二人のおかげだ、本当に助かったよ」

一体目のトレントを倒したあともそのまま周囲を探索し、合計で四体のトレントの素材を得ることができた。これで当分の間は木材に困ることはなさそうだな。

「少しでもお役に立ててよかったです」

「よかったね、ヒゲさん」

トレントの素材はマジックポーチへ収納し、今は森の出口へ向かっているところだ。

さて、お礼になるかは分からないが、またセーフエリアへ行って二人に飯でもご馳走《ちそう》するとしよう。

「キキキ……」

「おっと、虫型のモンスターか」

森の出口へと向かっている最中、目の前に一体のモンスターが現れた。

相手はたったの一体だし、問題ないな。こいつは強いモンスターじゃないし、特に素材にもならないからさっさと倒して出口へと――

「きゃあああ!!」

「お、おい華奈!?」

虫型モンスターを今まで通りに倒そうとしたところ、いきなり華奈が大きな悲鳴を上げ、俺の右腕に抱き着いてきた。

力いっぱい抱き着いてきたようで、俺の右腕に華奈の大きくて柔らかな胸の感触が伝わってくる。

いきなりどうしたというんだ⁉

「あちゃあ……お姉はそのゴキブリ型のモンスターだけは苦手なんだよね。ヒゲさん、ちょっとの間だけお姉をお願い！」

「あ、ああ。危なそうになったらすぐに加勢するからな」

「ううう……」

泣きながら小刻みに身体を震わせている華奈。

よっぽどこのゴキブリ型のモンスターが苦手なのだろうな。もしかすると森の入口で顔色が良くなかったのは以前の探索でこいつと出会ったことを思い出したのかもしれない。

瑠奈が危険になったら、無理にでも華奈を引きはがして加勢しなければ。

「せいっ！」

「キイイイ……」

瑠奈は身軽さを活《い》かし、的を絞らせずにヒットアンドアウェイで硬い甲殻の隙間を縫って短剣で正確に攻撃していった。

何度かモンスターと交差すると敵が倒れる。瑠奈は一度も攻撃を受けずに敵を倒せたようだ。こいつはこの階層ではそれほど強いモンスターじゃないからな。

「お姉、もう大丈夫だよ！」

「あ、ありがとう瑠奈。す、すみませんヒゲダルマさん。ダンジョンの外でもそうなのですが、私はどうしてもゴキブリが苦手で……」

「まあ、苦手な人にとって一メートル級のゴキブリは厳しいだろうな。誰にでも苦手な物はあるだろうし、気にする必要はないぞ」

俺はあまり気にしないが、ゴキブリが苦手な女性とかは多いらしいからな。

ダンジョンではダンジョン外の生物に近いモンスターも数多く存在する。このビッグローチはゴキブリをそのまま巨大化させたようなモンスターだ。

「ああ～なんだ。大丈夫そうなら、腕を放してもらってもいいか？」

「えっ……きゃあっ！　ご、ごめんなさい‼」

自分の胸を俺の腕に押し付けていることに気が付いたようで、顔を真っ赤にしながら慌てて俺から距離を取る華奈。

普通の男なら嬉《うれ》しいところなのだろうけれど、俺がダンジョンに引きこもる原因となった一つに女性が関わっていたから困惑の方が勝ってしまうんだよな。

「いいなあ、お姉……」

自分の胸を見ながら、なぜか羨《うらや》ましそうにそんなことを言う瑠奈。

「……とりあえず、まずは森から出よう。視界の悪い森の中は危険だからな」

「は、はい」

「うん」

また華奈の苦手なビッグローチが現れる可能性もあるし、まずはこの森から出ることにしよう。

「よし、ここまで来ればもう安心だ。華奈、大丈夫そうか?」

「は、はい! またヒゲダルマさんにご迷惑をお掛けしてしまいました……」

「さっきも言ったが、誰にでも苦手な物はあるから気にするな。だけど、戦闘に支障をきたすほど苦手なら、先に言ってくれるとありがたかったな」

「す、すみません!」

「ああ、いや。そこまで気にする必要はないからな」

今にも泣きそうな表情で頭を下げる華奈。

さすがに出会ったばかりの俺へいきなり自分の弱みを晒《さら》すというのもなかなか難しいだろう。華奈は本当に真面目な性格をしているようだ。

たぶん今頃はコメントで俺に非難が殺到しているに違いない。

「ほら、もう大丈夫だから元気を出せ。幸い誰も怪我をしなかったし、次から言ってくれればいいだけだ。それにこれだけのトレントの素材が手に入ったのも二人のおかげだし、とても感謝しているぞ」

「はっ、はい!」

どうやら華奈も多少は立ち直ってくれたようだ。

誰にだって失敗はある。大事なのはそれを繰り返さないことだ。

「さあ、無事にトレントの素材を手に入れることができたことだし、今日はお礼にご馳走させてくれ」


そんなわけで、昨日と同様に三十三階層にある人気《ひとけ》のないセーフエリアまでやってきた。ゲートから離れていることもあって、ここには今日も相変わらず人はいない。

「あの、今日は私にも手伝わせてくれませんか？」

テーブルや椅子などを設置し、食材を準備しようとすると、多少は調子を取り戻したらしい華奈がそんなことを言う。

「……それじゃあ今日は料理を作るのを手伝ってもらうか」

「じゃあ僕はお姉を手伝うよ！」

どうやら今日は華奈と瑠奈も料理を手伝ってくれるらしい。昨日のように俺が料理をしているのを見ているだけでは退屈だったのかもしれない。

なぜか華奈はとてもやる気になっているみたいだし、ここで断る理由もないだろう。

**†通りすがりのキャンパー†**：なに～華奈ちゃんと瑠奈ちゃんの手料理だと！　ヒゲダルマめ、許せん！

**ケチャラー**：さっき華奈ちゃんに抱き着かれたことも含めてリア充爆発罪に処するべきだ！

**WAKABA：**二人の手料理なんて、ダンジョンツインズチャンネルのリスナーさんが見たら、とても羨ましがるだろうね～。

**たんたんタヌキの金：**ギルティギルティギルティギルティギルティギルティ！

予想通りと言うべきか、コメントを見てみたらリスナーさん達がとてもお怒りだった。

二人が料理したいと言ってきたのであって、俺のせいじゃないのに……。

「ご飯はすでに炊いたものがマジックポーチにしまってあるからな。食材や調味料はテーブルの上に置いておくから、自由に使ってくれて構わないぞ」

「ありがとうございます」

「そういえば、ヒゲさんはダンジョンにこもっているのに、お米や野菜や調味料なんかは持っているんだね？」

「ああ、米と調味料はダンジョンの外の店に頼んで、定期的に用意してもらっているんだよ」

さすがにダンジョンの中で米や、醤油《しょうゆ》や味噌《みそ》なんかの調味料は手に入らない。そのため、最低限の必要な物はダンジョンの外にある店へ定期的に頼んで確保してもらっている。

まあダンジョンの外と言っても、ダンジョンの入口にある店なんだけれどな。

「あとこのジャガイモなんかの野菜はダンジョン内で育てているんだよ」

「「えっ⁉︎」」

「このダンジョンの深い階層はまだ誰も来ないからな。セーフエリアの土を耕して、そこに種を蒔《ま》いて育てたんだ」

ダンジョンのセーフエリアにモンスターは入ってこない。それを利用して土を耕して野菜を育てて畑を作っているのだ。

**ケチャラー**：セーフエリアに勝手に畑を作るとか、冷静に考えるとやばいよな……。

**たんたんタヌキの金**：そもそもダンジョンの中に家を造って生活している時点でアウトな件について！

「いや、ダンジョン法をちゃんと調べてみたけれど、ダンジョン内に家や畑を作っちゃいけないなんて法律はなかったぞ」

**XYZ**：そりゃセーフエリアに堂々と家や畑を作るやつがいるとはさすがに想定していないだろwww

**海ぶどう**：ダンジョン配信も流行《はや》ってきたし、いずれは迷惑系ダンジョン配信者が家とか建てそうな気がするけどね。

**†通りすがりのキャンパー†**：まあ、ヒゲダルマの場合は誰にも迷惑は掛けていないから、グレーといったところだろう。もちろん、他の探索者が来た時にセーフエリアを勝手に占有していたら完全にアウトだ。

「も、もちろん誰かが近くの階層まで来たら、すぐに開放するつもりだぞ！」

幸いまだこのダンジョンは四十階層までしか攻略が進んでいないそうだからな。当分の間は俺の家や畑がある階層まで探索者が来る心配はないだろう。

うん、この話題については俺自身でもグレーな自覚はあるからここまでにしておくべきだな。

「おお、うまいものだな」

「ありがとうございます」

「お姉は料理が得意なんだよね」

華奈はジャガイモの皮を包丁で器用に剥《む》いていく。スピードも速く、その剥いた皮はとても薄いし、明らかに慣れているように見える。

「ヒゲダルマさん、このベヒーモスのお肉って……」

「ああ、ベヒーモスの表皮と骨はとても硬いからな。こうやって骨と骨の間にある肉をうまく切り分けていくんだ。部位によっても処理の仕方が全然違うから面倒なんだよなあ」

「は、はい！」

料理には慣れているように見えるが、さすがに初見のベヒーモスの肉の塊を切り分けるのは難しいらしく、華奈の横に立って切り方を教えてあげる。

今回は昨日ステーキで使ったサーロインとは別の肩ロースを使用するので、肩周りの部位から必要な分だけ肉を切り分けていく。ここまで切り分ければ、あとは普通の肉と同様に調理できるだろう。

「お姉ばっかりずるいなあ……」

**月面騎士**：おいおい、ちょっと距離が近すぎないか？

**たんたんタヌキの金**：セクハラだ、セクハラ！

ＷＡＫＡＢＡ：まるで新婚さんみたいだね～。

「し、新婚さん⁉」

「華奈、包丁を持っているんだから気を付けた方がいいぞ」

「す、すみません！」

今華奈が使っている包丁はモンスターの素材で作った特製の包丁だ。モンスターの素材は非常に硬い部位もあるので、包丁も切れ味が良い特別なものを自作した。切れ味が良すぎるので、普通の調理よりも取り扱いには気を付ける必要がある。

ちなみに華奈には指一本触れていないぞ。

このご時世、ハラスメントには非常に厳しいからな。

「二人は普段料理をするのか？」

「はい、今は瑠奈と二人で暮らしているのですが、毎日一緒に料理を作っています」

「まあ、僕はちょっとお手伝いをするくらいだけれどね」

「へえ～少し意外だな。二人とも有名な配信者だし、食事は外食が多いのかと思っていたぞ」

「そうですね、他の有名な配信者の方は外食する人が多いみたいです」

「僕達の場合はできるだけ節約しているから、自分達で自炊することが多いんだよね」

「節約……やっぱりダンジョン配信をしていても、あんまり稼げないものなのか？」

ダンジョン配信の収入については詳しくないが、二人のように事務所に所属しているような人気のあるダンジョン配信者なら、それほどお金に困っていないイメージだったのだが……。

「いえ、ありがたいことに、私達も生活に困らないくらいのお金は頂いています。ですが私達はお世話になった児童養護施設へ毎月寄付をしているので、その分節制しているんです」

「児童養護施設……」

「うん。僕達が中学生のころに両親が事故で亡くなっちゃって、高校を卒業するまで児童養護施設でお世話になっていたんだ。その時の先生達はとっても優しかったけれど、あんまりお金がなくて苦労していたんだよ」

「お世話になった恩返しとして、少しずつですが寄付をさせていただいています。先生達は気にしなくて大丈夫と言ってくれるので、完全に私達の自己満足ですね」

「……そうか、いろいろと大変だったんだな」

どうして華奈と瑠奈みたいな可愛い女の子が若くして非常に危険なダンジョン配信者として働いているのか不思議に思っていたが、そういう理由があったのか。

ダンジョン配信者は十六歳以上なら誰でもなることができるし、普通の企業で働くよりもよっぽど高い収入を得られる可能性がある。

まったく、俺がダンジョンへ引きこもる原因となった腐りきった連中が今ものうのうと生きている一方で、二人みたいな優しい子の両親が事故で亡くなるなんて、本当にこの世の中はどうなっているんだか……。

**月面騎士**：うおおお～華奈ちゃんと瑠奈ちゃん、マジで健気《けなげ》‼

**ケチャラー**：本当にええ子やな～‼

**WAKABA**：二人とも、応援しているよ～！

「当時はすごく落ち込みましたが、今では吹っ切れているので、もう大丈夫です」

「うん。僕達がいつまでも落ち込んでいたら、お父さんもお母さんもがっかりするからね！　あっ、でもこのことは他の人には内緒にしておいてね。あんまりこのことで同情されてお金をもらうのもよくないってお姉と話していたんだ」

「ええ、できればで大丈夫なので、よろしくお願いします」

「……ああ、約束する」

**†通りすがりのキャンパー†**：もちろん絶対に言わんぞ！

**たんたんタヌキの金**：ああ、ヒゲダルマじゃないけれど、約束する！

うん、リスナーさんの方も大丈夫そうだ。

俺も陰ながら、二人を少しだけ応援させてもらうとしよう。


「おお、これはなかなかうまそうだな」

テーブルの上には出来上がった複数の料理が並んでいた。昨日のベヒーモスのステーキオンリーのような食卓ではなく、とても色鮮やかだ。

俺が作ったベヒーモスの生姜《しょうが》焼き、華奈と瑠奈が作ったベヒーモスの肉じゃが、サラダ、味噌汁、おひたし。マジックポーチから取り出した炊き立てのご飯もある。

「それじゃあ、いただきます」

「『いただきます』」

　さて、まずは華奈と瑠奈が作った料理をいただくとしよう。

「うん、久しぶりに肉じゃがを食べたけれど、本当にうまいな」

「本当ですか！」

「ああ。ベヒーモスの肉から出た旨みがたっぷりと染みこんでいるジャガイモは煮崩れすることなく、ホクホクとした味わいだ。隠し味で入れていたバターの風味がほんのり利いて、本当にご飯とよく合うよ。肉じゃがは簡単そうに見えて結構奥が深い料理だから、こんなに高いクオリティで作れるなんて二人ともすごいな」

　俺が料理を褒めると、華奈は嬉《うれ》しそうに目を輝かせている。

　もしかしたら、俺もリスナーさんに自分で作った料理を見せている時はあんな表情をしているのかもしれない。

**XYZ**：相変わらず食レポだけはまともだな、おいw
**海ぶどう**：普通の肉でもうまそうなのに、イレギュラーモンスターのベヒーモスの肉じゃがとか最高にうまそう！

**ケチャラー**：肉じゃがの汁は炊き立ての白米と合わせれば最強！　異論は認めない！

**たんたんタヌキの金**：しかも華奈ちゃんと瑠奈ちゃんの手作りだから、合わせて四倍のうまさだな！

　……その計算方法はよく分からないが、確かにこの肉じゃがはうまい。それにサラダとおひたしと味噌汁が一緒にあるというのはいいな。

普段は俺一人で飯を作っていて、メインのおかずとご飯、あっても味噌汁くらいしか作らないから、こういった家庭料理みたいなものは本当に久しぶりだ。

それに素材にはこだわるが、基本的に大雑把に調理するキャンプ飯みたいなのが多いから、普段作らない肉じゃがを食べられるのは新鮮だった。

「ヒゲダルマさんが作ってくれた生姜焼きも本当にすごいですね！　もちろんお肉もおいしいですが、市販のタレよりも生姜の香りが強くておいしいです」

「うん、肉じゃがのジャガイモとかサラダの野菜もすごくおいしいよ！」

「おっ、そう言ってくれると嬉しいな。自分で育てた野菜を収穫して、すぐにマジックポーチに収納したんだ」

野菜も一から育てていただけあって、もしかしたら肉の味を褒められるよりも嬉しいかもしれない。

マジックポーチはたくさんあるから、野菜を収穫した直後の状態で保存できるのもありがたいところだ。

野菜自体はダンジョン由来のものというわけではないが、収穫したばかりということもあって、普通よりもおいしく感じるのかもしれない。

「いやあ、本当にうまかったよ。ご馳走《ちそう》さま」

みんなで作った料理を食べ、昨日と同様にゲートまで二人を見送りに来ている。

「少しでも喜んでいただけてよかったです。私達の方こそ、貴重なお肉をまたご馳走になってしまってすみません」

「少しでも恩返ししたかったんだけれど、またご馳走になっちゃったね」

「いや、二人のおかげでトレントの素材もたくさん手に入れることができたし、久しぶりに誰かが作ってくれた料理を楽しめたよ」

**ケチャラー**：しかも華奈ちゃんと瑠奈ちゃんの手作りだからな～。二人のファンだったら、金をいくら積むか分からないぞ！

**XYZ**：さらに肉じゃがっていう華奈ちゃんのチョイスがポイント高いよな！

**WAKABA**：瑠奈ちゃんも頑張って料理を手伝っている感じがよかったよ～。

**†通りすがりのキャンパー†**：このままヒゲダルマのチャンネルにずっと出てほしい！

「いや、さすがに二人は忙しそうだし、そこまでしてもらうわけにはいかないぞ」

二人は有名なダンジョン配信者らしいし、俺みたいに暇ではないだろうからな。

「あの、ヒゲダルマさん。もしよろしければ、またお誘いしても良いでしょうか！」

「うん、たまにでいいから、また僕達と会ってくれると嬉しいな！」

「…………」

ダンジョンにこもってから、こういう誘いは初めてだ。

ダンジョンの外であいつらに裏切られてから、これまでの間あえてリアルの人とはほとんど関わりを持ってこなかった。

何度か人を助けたことがあったが、その関係もその場限りのものであった。

「……そうだな、もしも二人に時間があったら、また誘ってくれ」

「は、はい！」

「うん、絶対に誘うね、約束だよ！」

まだ人と関わりを持つのは少しだけ怖いが、この二日間は俺にとっても久しぶりに楽しいものであった。

華奈も瑠奈も本当に良い子であることは分かったし、俺のチャンネルのリスナーさん達も二人が出てくれれば喜んでくれるだろう。

「ああ、だけど本当に無理はしなくていいからな。それじゃあ、またな」

「はい、本当にありがとうございました！」

「ヒゲさん、またね！」

華奈と瑠奈が手を振りながらゲートへと消えていく。

二人がいなくなると、なんだか一気に静かになった気がした。ここ数日はとても騒がしかったが、俺自身が思っていた以上に楽しかったのかもしれない。

ここ数年ずっとリスナーさん達だけと一緒に過ごしてきたから、他人と一緒に食事をするという当たり前の感覚がなくなっていた。

社交辞令かもしれないが、また誘ってくれると言っていたし、今度二人と会う時のためにおいしい食材を用意しておくとするか。

◆◇◆◇◆

「……よし、完成だ。なかなか悪くない出来だな」

華奈と瑠奈と一緒にトレントの素材を採りに行った翌々日、いつも通りのんびりと配信をしながら、トレントの素材を使って棚を作っていた。

よく使う物を入れておくための棚が小さく感じるようになったから、もっと大きな棚を作ったわけだ。

「やっぱりトレントの素材を使った木材は落ち着く香りがして良いな。ウドラーの素材もいいが、トレントの素材も木目に味があっていいんだよ」

**†通りすがりのキャンパー†**：その辺りの感覚は実際に使ってみないと何とも言えないところだな！

**XYZ**：少なくとも昔作っていたテーブルなんかよりは大工の腕も上がっているみたいだけれどな。

**ケチャラー**：最初にここの拠点を作ってベッドなんかを作っていた時の出来は酷いものだったからな。

「あのころはダンジョン攻略しかしていなかったからなあ。物作りにも慣れてきた今では多少器用になってきた気がするよ」

のんびりとリスナーさん達とだべりながら配信をする。

やはりこの時間はこの時間で良いものだ。

**海ぶどう**：ちょっ、ヒゲダルマ！　ニュース、ニュース見て！

**月面騎士**：はあああ⁉　なんじゃこりゃあ！

「んっ、ニュース？」

外で何かあったのか？

俺は普段ダンジョンの外のニュースなんて見ていない。そもそも外が煩わしくてダンジョンに引きこもっているわけだからな。

ダンジョンに関する情報についても、俺の方が攻略が進んでその情報の先を行くようになってからは見ていない。

俺は腕輪のデバイスを操作して検索サイトのトップページを開く。その一面の見出しにはこんなことが書かれていた。

『ダンジョンツインズチャンネルの双子姉妹、イレギュラーモンスターに遭遇し、コラボ配信中に虹野《にじの》虹弥をダンジョン内に置き去りか⁉』

「ダンジョンツインズチャンネルは確か華奈と瑠奈のチャンネルだよな。こっちの虹野虹弥って誰だ？」

**ＸＹＺ**：アホか！　華奈ちゃんを囮《おとり》にして、自分だけシルバーウルフからさっさと逃げたあのクソ野郎だって！

「ああ、あの最低男か。なるほど、あの二人があいつを告発したってことだな。まあ、ダンジョン内での緊急避難は認められているけれど、さすがにあれは酷かったから、そりゃ非難されて当然――」

**ケチャラー**：よく読め、逆だ、逆！　華奈ちゃんの方があのクソ野郎を囮にして逃げたって話になっているんだ！

「……はあ？　意味が分からないぞ。だって逃げたのはあの男の方だろ」

**海ぶどう**：だ・か・ら！　事実はそうだけれど、あのクソ野郎が嘘を吐《つ》いているんだって！

**XYZ**：このダンジョン脳！　いいから続きを読んでみろって！

**ケチャラー**：まったく、頭のネジまでダンジョンに落っことしてきたのかよ！

……散々な言われようだ。どうやらリスナーさん達はそのニュースを見て、よほど怒っているらしい。

トップページからその記事へと飛ぶ。

「……なるほど、イレギュラーモンスターのベヒーモスに遭遇して、逃げている最中にシルバーウルフの群れに襲われたところまでは真実だが、そこから先が完全に嘘だな」

記事によるとイレギュラーベヒーモスが現れて撤退し、シルバーウルフの群れに襲われた流れまではいい。

そのあと、華奈の方が突然二人の配信カメラを武器で斬り落として、男を囮にして自分だけ逃げたとされている。そしてこの男の方は命からがら一人でシルバーウルフの群れを撃退して帰還したと書いてあった。

　華奈の方は反対に男の方が自分を囮にして逃げたと供述しており、完全な水掛け論になっているそうだ。

「実力の点から考えて、負傷した華奈がシルバーウルフの群れから自力で逃げることは厳しい。他にも華奈が帰還するまでに不透明な時間があることや、はぐれたはずの妹と合流して帰還した点など不審な点が多々ある――か。あいつら、俺のことを話していないのか……」

　記事の内容には俺の話は一切出てきていない。どうやらあの二人はこんな状況なのに律儀に約束を守って、俺のことを話していないようだ。

**海ぶどう**：こんなのあの時のヒゲダルマの配信見せれば一発で嘘だって分かるよね。

**ケチャラー**：いや、こいつは配信した次の日に配信を削除しているから、その日の配信はもう見られないぞ！

**海ぶどう**：ああ、そういえばそうだった！　というか、なんでアーカイブ配信をいちいち削除しているの？　昔の配信も見てみたかったのに。

「……いや、いろいろと騒がれても面倒だからな。自己防衛のことを考えて配信は翌日には削除しているんだ」

**海ぶどう**：ぬああああ、使えない！　自己防衛のことを考えるくせに配信をするとか訳が分からないよ！

**†通りすがりのキャンパー†**：まあ落ち着け。こいつにもいろいろとあるんだよ。

「俺も最初のころは配信なんてせずにひたすらダンジョンを探索していたんだけれど、さすがに孤独に耐えられなくなったんだ……」

配信をしつつも目立ちたくないなんて矛盾していると感じるかもしれないが、当時の俺はダンジョンにこもりっきりで、帰る場所もなく孤独に耐えられなくなった。

とはいえ、当時人間不信になりかけていた俺には知り合いの人は誰一人信じられず、そのころ流行りだしていたダンジョン配信をすれば、見てくれた人とコメントで話をすることができると知ってダンジョン配信を始めたのだ。

「いや、今は俺のことはどうでもいいとして、問題は華奈と瑠奈のことだな。一応配信した動画自体はまだ残してあるから、今確認してみる」

基本的に俺の配信した動画は翌日に配信チャンネル上から削除しているが、ダンジョン内で人と出会った時の動画は端末には残している。

悲しいことに、こちらが助けたつもりでも、後から文句を言ってきたり、報酬をごねるような探索者や配信者がいるのも事実だ。自己防衛のためにも証拠となるドローンの動画は必須《ひっす》なのである。

ダンジョンに引きこもる原因となった出来事もあったため、動画での証拠なんかには特に敏感になっている。

「……うん、遠いけれどあの男がドローンを壊し、華奈を転ばせて囮にするところまでしっかり映っているな。それじゃあこの配信のこの部分を二人に渡せばいいか。それともこの動画を拡散した方がいいのか？」

**ＸＹＺ**：よかったあ。これで華奈ちゃんと瑠奈ちゃんが助かる！

**†通りすがりのキャンパー†**：ちょっと待て、ヒゲダルマ。いったんストップだ！

なぜかリスナーのキャンパーさんから待ったが掛かる。

「キャンパーさん、どうかしたのか？」

**†通りすがりのキャンパー†**：今いろいろと調べているんだが、どうもこの件はきな臭い……おそらくだが、メディアや日本ダンジョン協会は華奈ちゃんが囮にされたことを知っていて、虹野虹弥をかばっている可能性が高いぞ。

「……どういうことだ？」

**†通りすがりのキャンパー†**：俺の情報網によると、今回の件は明らかに情報を操作して、トップダンジョン配信者である虹野虹弥にいちゃもんを付けているアイドル配信者の構図に仕立て上げようとしている節がある。

**月面騎士**：やだ、何それ怖い……陰謀的な？

**海ぶどう**：というか、そんなことまで分かる†通りすがりのキャンパー†さんって一体何者……？

**ケチャラー**：この人は昔から妙にいろいろと詳しいんだよな。まあ今はそれよりもあの虹野虹弥か。

確かあいつってダン協お抱えのダンジョン配信者だべ？

「その虹野なんちゃらって人はそんなに有名なのか？」

**海ぶどう**：……ねえ、虹野虹弥を知らないって、それでもこの人って本当にダンジョン配信者なの？

**ＸＹＺ**：昔からこういうやつなんだよ。少なくとも同業者の配信なんて、なんも見ちゃいないだろうな。

**ケチャラー**：ダンジョン配信者なら、有名な同業者の情報なんて勝手に入ってくるものなんだけどな……。

「俺だって、最初はちゃんと他の人のダンジョン配信を見て勉強したぞ。まあ、確かに今は見てないけれど」

**†通りすがりのキャンパー†**：チャンネル登録者数で説明すると、虹野虹弥が五百万人級のトップダンジョン配信者、ダンジョンツインズチャンネルが十万人級の人気ダンジョン配信者、そしてこのチャンネルが十人程度の弱小チャンネルと言えば、ヒゲダルマでも分かるか？

「……とりあえずとても人気のある配信者ということは分かった。というかあんなに可愛い二人でもそいつとは五十倍の差があるんだな」

**月面騎士**：ダンジョンツインズチャンネルもかなり人気があるけれど、まだ配信チャンネルとしては新参な方だからな。虹野チャンネルは古参のガチ攻略ダンジョン配信として昔から有名だし。

**ケチャラー**：俺も昔は見ていたけれど、最近は見てない。なんか最近は若い女の子とのコラボばっかでつまらん。

**海ぶどう**：最近はガチ攻略している配信の方が少ないもんね。

**†通りすがりのキャンパー†**：とはいえ、まだ人気はあの二人とは比べ物にならないし、ダンジョン協会お抱えのダンジョン配信者である以上、どちらを業界に残したいかといえば、間違いなく向こうを取るだろうな。

「ダンジョン配信業界にもそんなしがらみがあるのか……」

そういった人間関係のしがらみが嫌でダンジョンに引きこもっているんだけれどな。

**†通りすがりのキャンパー†**：そんな訳だから、もしちゃんとした証拠があっても、協会に握りつぶされる可能性も十分にある。動画を拡散してもすぐに消されて、下手をすればヒゲダルマのチャンネルごと抹消される可能性なんかもあるぞ。

**XYZ**：やだ、何それ怖い……。

**ケチャラー**：これが日本ダンジョン協会の闇というものか……。

日本ダンジョン協会――ダンジョンを管理するために国によって設立された、日本で唯一の機関だ。

ダンジョンに入るためには、この協会からダンジョン探索者の資格を取る必要がある。当然ながら、俺も登録をしている。

**†通りすがりのキャンパー†**：今二人の連絡先に証拠動画を送るのもまずいかもな。ヒゲダルマの配信やメールは当然誰も見ていないだろうが、今あの二人に送られてくるメールはチェックされている可能性もあるぞ。

**月面騎士**：さりげにヒゲダルマをディスってんの草w
**海ぶどう**：さすがにダンジョン協会がそこまでするとは思えないけれど……。

「なるほど……あの二人の連絡先はダンジョン配信を通してしか知らないから、どうしたもんかな」

俺もダンジョン協会がそこまでするとは思えないが、リスナーのキャンパーさんは妙にそういった事情に詳しいんだよな……。

この人はモンスターの解体方法やモンスターの生態に詳しいだけでなく、ダンジョン以外のことについてもいろいろなことを知っている。この人のアドバイスを聞いて助かったことは数えきれないほどある。

四六時中俺の配信を見てくれているし、何をしている人なのかとても気になる。絶対にただのキャンパーでないことだけは確かだ。

しかし困ったな。証拠動画を送りたくても送れないし、どうしたらいいんだ？

動画を試しに送って公開してみて、俺の配信チャンネルが消されたら非常に困る。チャンネル登録者数は少ないと言っても、俺にとってはとても大切なリスナーさん達との唯一の繋《つな》がりの場でもあるからな。

**XYZ**：うわっ、どうやら明日に臨時のライブ配信があるらしい。当事者が集まって会見みたいなのを開くようだな。どちらにしても時間が足りないじゃん！

**†通りすがりのキャンパー†**：それはまずいな。たぶん向こうの方はいろいろと準備をしているだろうし、何をするにしても時間が足りないぞ……。

XYZさんがコメントにリンクを張ってくれていた。そのリンク先を開くと、明日今回の件に関しての緊急ライブ配信が行われるそうだ。

二人は俺との約束を律儀に守って俺のことを話していない。

たった数日の付き合いではあったが、二人と一緒にダンジョンを探索して一緒に料理を作って食べたあの時間は俺にとって久しくなかった楽しいものだったし、両親を事故で失っても頑張って生きている二人を応援したいと思ったのも事実だ。

そして何より、二人とはまた会う約束もした。このダンジョンの中でまた人と会うという約束は自分で思っていたよりも嬉《うれ》しいものだったらしい。

とはいえ、当然ながら会見はダンジョンの外で行われるようだし、どうしたものかな……。

◆◇◆◇◆

「瑠奈、大丈夫？」

「う、うん。お姉こそ大丈夫？」

「あんまり大丈夫じゃないけれど、頑張るしかないわね……」

会見会場の控室。私達は今そこにいる。

これから先日のイレギュラーモンスターであるベヒーモスに遭遇した件の会見が行われる。その内容はリアルタイムで配信されるらしい。

こちら側から先日の件について発表をする前に、虹野側から自分が行った卑劣な行為を私がしたこととして発表をされたとマネージャーさんから連絡が入った。

……たぶん会見というのも詭弁《きべん》でしょうね。日本ダンジョン協会の人達は私の言い分をまったく聞いてくれずに、虹弥さんの言い分を押し通そうとしていることは私にも理解できている。

「瑠奈、分かっていると思うけれど……」

「うん、絶対に言わないから大丈夫！」

私達はある人に命を救われた。最初その人を見た時にはあまりに髭《ひげ》がすごくて、とても驚いてしまったわね。

ヒゲダルマさんは最初妹を助けてくれないと言っていたけれど、それも自分の命が懸かっているダンジョンの中なら当然のこと。それに、多分本来彼はとても優しい人なんだと思う。

私達を助けてくれたあとは私の小さな怪我まで心配してくれて、ポーションを使ってくれた。ぶっきらぼうな言い方をしていたけれど、実際には私達に気を遣ってくれていることがすごく伝わってきた。

それに一緒にダンジョンを探索した時や食事をした時も、私達のことをずっと考えてくれていた。外でいろいろとあってダンジョンに引きこもっていると言っていたから、きっと優しかった彼を変えてしまうほどの出来事があったのだと思う。

「あの人は私達の命を救ってくれたわ。これ以上迷惑を掛けるわけにはいかないものね」

最初に渡したマジックポーチも返してくれたし、結局ヒゲダルマさんはなんの見返りもなく私達を助けてくれた。

私だけでなく、大切な妹の瑠奈の命まで助けてくれたことを私は一生忘れない。

そして彼は目立ちたくないとも言っていた。災害級の力を持つベヒーモスのイレギュラーモンスターを一撃で倒す力があり、瀕死《ひんし》の怪我すらも治すことができるマジックアイテムを持つ探索者でありながら、それを決して驕《おご》らないあの人は本当に尊敬できる。

ヒゲダルマさんのことは話さないと瑠奈と相談して決めた。

一度はヒゲダルマさんに連絡を取って、あの時の動画が残ってないか聞こうとしたけれど、動画の出所について説明できずに彼に迷惑を掛けてしまうと思い留《とど》まった。

彼には命を助けてもらった。

だから、あとは自分達でなんとかしてみせる。

「……私を囮《おとり》にして一人で逃げたあの男には絶対に一矢報いてやるわ！」

「うん！」

今の状況から私の訴えが通ることは難しいと思うけれど、それでもあの最低な男には絶対に一矢報いてやるわ！


「それではこれよりダンジョンツインズチャンネルの華奈様と瑠奈様、虹野チャンネルの虹野虹弥様による会見を始めさせていただきます。なお会場の様子は日本ダンジョン協会の公式サイトにてライブ配信されております。それではまず、ことの経緯につきまして説明させていただきます」

いよいよ会見が始まった。

こちら側の席には瑠奈と、私達と一緒に配信チャンネルを作り上げてきたマネージャーさん、そしてテーブルを挟んだ先には向こうの事務所のマネージャーと私を囮にして逃げた虹野虹弥が座っている。

その周りには大勢のメディアの人達や、ダンジョン協会の偉い人や専門家の人達がいて、たくさんのカメラが回っている。

「……という経緯で、シルバーウルフの群れに襲われている最中に突然配信ドローンを破壊し、足を払って相手を囮にしたというのが双方の主張となります。なお、イレギュラーモンスターのベヒーモスがまだ三十五階層に存在するものと思われるため、現在三十五階層は閉鎖されております」

私と瑠奈はヒゲダルマさんのことは誰にも話していない。

瑠奈と話し合って、私はシルバーウルフの群れからなんとか逃げ出し、瑠奈を探して帰還したという流れになっている。

瑠奈のドローンはベヒーモスの一撃を受けた時に持ち主が危険な状態になって配信が遮断されて、エマージェンシーコールが発信された。

でもヒゲダルマさんとハイポーションのことは話せないから、死んだと思い気を失って目を覚ましたら怪我はなく、そこにはもうベヒーモスはいなかったということになっている。

……そのことがあまりにも不自然で、私達の話が信じてもらえない理由になっているけれど、それればかりは仕方がない。

「なるほど、それでは華奈様は本当に一人で五～六体のシルバーウルフの群れから、逃げ切れたのですね」

「……はい」

「分かりました。シルバーウルフとは単体では三十階層レベルの探索者でも倒すことは可能ですが、群れとなるとその連携により遥《はる》かに難易度は増します。虹野虹弥様は配信にて単独でシルバーウルフ五体の討伐を達成した経験があることを補足しておきます」

「…………」

さっきから、進行役の人がやけに虹野虹弥の肩を持っている。もしかしたら買収されているのかもしれない。

「……という経緯で双方がダンジョンより帰還し、お互いが相手を囮にして逃げたと主張されております」

だけど私達には一つだけ有利な点がある。

それは虹野虹弥が話を変えたことだ。

ダンジョンから帰還した時、彼は私が身を挺《てい》して自分から囮となったという美談に仕立て上げ周囲に話をしていた。けれど私と瑠奈が無事に帰還したことで、私が彼を囮にして逃げたという話にすり替えた。

この話は私達のマネージャーさんや他の関係者の人達が聞いている。それこそ明らかに虹野虹弥が嘘を吐《つ》いている証拠で、私達はその証言にすべてを賭《か》けるしかない。

「それではダンジョンツインズチャンネルのマネージャー様、ここまでの経緯についてはよろしいでしょうか?」

「……はい、特に異論はございません」

「えっ⁉」

「マネージャーさん！」

瑠奈が声を荒らげる。

私も理解が追いついていない。

「マ、マネージャーさん、虹野虹弥の話が変わった証言をしてください！」

「なんの話でしょうか？」

「そ、そんな……」

裏切られた……。

私達が配信を始めた時からずっと一緒にこのチャンネルを作ってきたのに……。

もしかして、私達にこのことを配信で発表しないように言ったのも、発表の会見まで時間を置くと言っていたのも、すべて虹野が有利になるように仕組むためだったの！

「うっ……うう……」

妹の次に信頼していたマネージャーさんに裏切られた。

そのショックに堪えようとしても両眼《りょうめ》から涙が溢《あふ》れてくる。

「おいおい、立場が悪くなったら泣き落としか？　これだから、ちょっと顔が良いだけの女ってやつは」

「このおおおお！」

「瑠奈、駄目！」

　虹野虹弥の暴言に堪えきれなくなった瑠奈が飛び出そうとするけれど、すぐに横にいた警備の人に取り押さえられてしまった。

　ダンジョン内では人知を超えた力を得ることができるけれど、それはダンジョンの中だけに限られてしまう。今の私達は人並みの力しかない。

「うう……お姉を馬鹿にするなあ！」

「やれやれ、今度は暴力か。まったく、こういう輩がいるからダンジョン配信者の質が落ちたなんて言われるんだよ」

「ううう…………」

　憎い……。

　許せない……。

　悪いのはあの男のはずなのに……。

　どうして誰も私達の話を信じてくれないの……。

　これまでずっと不運に負けずに瑠奈と二人で頑張ってきた。両親を事故で失っても、瑠奈と一緒にこれまでずっと真面目に、懸命に生きてきた。

　それなのにどうして神様はまだこんなに酷い仕打ちを私達にするの！　どうしてこの世界はこんなにも理不尽なの……。

　私達にはもう何もできない。

それを思うとどうしても目から涙が止まらない。

全てをあきらめそうになったその瞬間、会見会場のドアが大きな音を立てて開かれた。

「おい、こいつを通したやつは誰だ！　ここは関係者以外立ち入り禁止だぞ！」

「関係者だ。悪いがそこをどいてくれ」

突然会場に現れた男性。会場にいた全員の視線はその人に集中する。

その男の人は俳優かアイドルのような整った顔立ちをして、スラリとした長身に真新しいスーツを着ていた。

「あっ……」

初めて見る顔だけれど、ぶっきらぼうな声とその優しい瞳《ひとみ》には覚えがあった。

「大丈夫か？　まったくもって災難だったな」

そして彼は、初めて私を助けてくれた時と同じ言葉を口にした。

◆◇◆◇◆

「おい、警備員。早くこいつをつまみ出せ！」

「さっきも言ったが、俺は関係者だ。そこの二人には黙っていてもらったが、俺がイレギュラーモンスターのベヒーモスを倒して、その二人を助けた。そしてそこにいる男が華奈をモンスターの囮にして逃げたところを目撃している」

「んなっ⁉」

ざわざわと会場中が騒がしくなる。

なんとかギリギリのところで間に合ったらしい。

……本当はこの会見が始まる前に会場へ着く予定だったのだが、数年ぶりにまともにダンジョンの外へ出て、電車を乗り間違えた挙げ句、道に迷ってしまった。

東京ってこんなに分かりにくい街だったっけ？

たった一日でいろいろと調べてアドバイスをしてくれたリスナーさん達にはあとで土下座をして謝ろう。

華奈と瑠奈は泣いているし、二人にもとても申し訳ないことをしてしまった。

「で、でたらめだ！　おい、さっさとそいつをつまみ出せ！」

虹野なんちゃらが声を荒らげて、俺を会場から追い出すように叫ぶ。あれだけ動揺していたら、自分になにか不都合なことがあると言っているようなものなんだけれどな。

「これがイレギュラーモンスターのベヒーモスを倒した証拠だ」

マジックポーチの中から、解体したベヒーモスの骨や皮、そしてベヒーモスの頭を取り出した。

さすがの俺でも頭は食わないので、角だけ残して処分しようとしていたやつだ。

「んなっ⁉」

「こ、これは⁉　イレギュラーモンスターのベヒーモスかは分かりませんが、確かに今まで見たこ

ともないほどの素材です！」

「こっちの皮の色は動画で見たイレギュラーモンスターのベヒーモスと同じ色をしている。それにこの頭はどう見ても……」

会場には白衣を着たモンスターの有識者やモンスターに詳しいメディアの人もいたようで、俺が出したベヒーモスの素材を検分している。

この会場へ来る最中に会見の様子はリスナーさん達から報告を受けていたので、進行の人が買収されていたらしいということは知っているが、どうやらこの会場にいる全員を買収したわけではないようだ。

「う、嘘だ！　俺でもまったく敵わなかったイレギュラーモンスターのベヒーモスをお前なんかが倒せるわけがない！　そ、それにたとえこの素材が本物のベヒーモスだったとしても、俺がこの女を囮にしたなんて証拠にはならないはずだ！」

……なんか小物感が半端ないけれど、この男が本当にトップダンジョン配信者でいいんだよな？

「それじゃあ、ご要望の証拠だ」

「な、なに⁉」

マジックポーチからデバイスを取り出す。

これはダンジョン配信のコメントを宙に表示する腕輪と同じように、映像を宙へと映すものだ。

ここ数年でこういった技術もだいぶ進んでいたんだな。

腕輪よりも小さいのにこんなに大画面で映像を映せるんだからマジですごいわ。なんだかしばらくダンジョンの外から離れていただけで浦島太郎《うらしまたろう》のようだ。

「お、おい、あれって……」

「遠目からだが、確かに虹野虹弥が配信ドローンを破壊して、女性を囮《おとり》にしている……?」

「う、嘘だあああああ！」

「おい、今すぐ配信を止めろおおお！」

虹野なんちゃらとこの場のお偉いさんが叫んでいる。

そういえばこの会見はライブ配信されているんだったな。

ライブ配信中に押し入ってしまえば、さすがに日本ダンジョン協会でもこの証拠を握りつぶすことはできないだろう。

本当は会見が始まる前に二人へこの証拠を渡して、会見中にこれを発表してもらうつもりだった。

「ついでにおまけだ。今の動画をコピーしたものだから、配信なりニュースなり自由に使ってくれ」

今の動画をコピーした小さなデバイスをばらまいた。すると席に座っていた記者のような人達がそのデバイスを一斉に拾い始める。

「まだ夜のニュースに間に合うな！　トップニュースだ‼」

「トップダンジョン配信者、仲間を囮にして自分だけ逃げ延び、それを仲間に擦《なす》り付ける。これは伸びるぞ‼」

会場は蜂の巣を突《つつ》いたような大騒ぎとなった。

「うわあああああ！」

虹野なんちゃらは大声を上げ、叫びながら会場から逃げ出した。

華奈を囮にして逃げたこと自体はダンジョン法の緊急避難により、罪にはならないかもしれないが、信頼が第一のダンジョン配信者としてはもう終わりだろうな。

会見の配信中に少しやりすぎてしまったかもしれないが、まあ自業自得だ。

「ほら、さっさと放してやれ」

「「……っ⁉」」

会場が騒然としている中、警備員に取り押さえられている瑠奈の下へ向かった。

イレギュラーモンスターのベヒーモスを倒したという俺にビビりながら、取り押さえていた瑠奈を放して俺から距離を取る警備員の二人。

今はダンジョンの外にいるから、普通に戦えば大柄なこの警備の人達に俺はたぶん勝てないんだけれどな。

「ヒ……お兄さん！」

「おっと！」

警備員が瑠奈を解放すると、瑠奈がいきなり抱き着いてきた。

よっぽど怖くて悔しい目に遭っていたのだろう。うっかり俺のハンドルネームを叫びそうになっていたぞ。

「ひっく、ありがとう……」

「もっと早く来るつもりだったんだが、遅くなって本当にすまなかった。理由は後でちゃんと説明する」

「そんなのなんでもいい！　助けてくれて本当にありがとう！」

……さすがにこの雰囲気の中で電車の乗り換えを間違えた挙げ句、道に迷ったとは非常に言いづらい。

「あの！」

瑠奈に抱き着かれていると、華奈もこちらの方へやって来た。だいぶ泣いていたせいか、眼の縁がまだ赤い。

「あの……どうして……？」

「んっ、何がだ？」

「……どうしてまた私達を助けてくださったんですか？」

「どうしてって、ちゃんと契約をしただろ。そっちも契約を守って俺のことを話さなかったんだから、俺もちゃんと契約を守らないと駄目だろ」

「あなたはあの時私達を助けてくださりました。それで契約は終わりなのに……」

「いや、違うな。あの時、俺は今回の件でできる限り二人の助けになるという契約をした。つまり今回のこの騒動も含まれるわけだ」

「えっ……」

そうなんだよ、映像を見返してみたら、あの時俺は確かにそう言っていた。

今回の件――言い方にもよるが、イレギュラーモンスターのベヒーモスの件によって生じたこの騒動も含まれるだろう。

この二人がこんな目に遭ってまで守ってくれた契約を俺が破る訳にはいかないもんな。

……周りの人すべてが敵になったという気持ちは俺にだけは痛いほど分かる。だからこそ、この二人に俺と同じ思いをさせたくなかったという気持ちも少しあった。

そして何より、たった数日だけの付き合いだったが、一緒にダンジョンを探索して同じ飯を食べた仲だ。その二人を見捨てるようなことだけはしたくなかった。

「……やっぱり、とても優しい人ですね」

「いや、優しいというかこれは契約だから、今回の件で俺が二人の力になるのは契約の範囲内だ。むしろこの場に遅れてしまった俺の方に非がある。それについては後でちゃんと謝罪する」

「ふふ、いいんですよ、そんなこと」

そう言いながら、華奈の方まで俺へ抱き着いてきて、また泣き始めた。

「……本当にありがとうございます！」

二人に抱き着かれて、俺にどうしろというのだろう……。

この場に残っていた人達もこの状況にどう収拾をつければいいのか分からずに呆然《ぼうぜん》としていた。

◆◇◆◇◆

「ヒゲダルマさん！」

「華奈、久しぶりだな」

「はい、お久しぶりです！」

「ヒゲさん、久しぶり！」

「……瑠奈も久しぶりだな。それはいいが、いちいち抱き着いてくるな。さすがにもう少し女としての自覚を持て」

「大丈夫、ハグするのはヒゲさんだけだから！」

「何が大丈夫なんだよ……」

「瑠奈！　早くヒゲダルマさんから離れなさい！」

「分かったよ、お姉もどさくさに紛れて抱き着けばよかったのにね！」

「なっ⁉」

二人揃《そろ》うと本当に騒がしい。

まあ、あんな騒動があったあとで、これだけ元気になれたのは本当に良いことだ。

「うわっ⁉　たった一週間なのにもう髭《ひげ》がこんなに伸びてる！」

「昔から髭が伸びるのは早いんだよ。常に髭剃《ひげそ》りは手放せなかったからな」

あの騒動から一週間、ようやく二人の周りが落ち着いてきたところで、例の会見の際に渡しておいたダンジョン配信チャンネルとは別の連絡先に連絡が入った。

それにしてもあの騒動のあとは本当に大変だったな。

二人に抱き着かれて泣かれたあとは、ダンジョン配信チャンネルとは別の連絡先を渡してすぐに退散する予定だったのだが、その場にいたメディアや日本ダンジョン協会関係者がそう簡単に俺を逃がしてくれなかった。

やれお前は誰だ、ダンジョン配信者なのか、華奈と瑠奈との関係はとか、イレギュラーモンスターのベヒーモスをどう倒したのかとか、そりゃあもう大変だった。

俺の個人情報以外については多少答えてやったが、次から次へと質問してきてキリがないので、隙をついてなんとか逃げ出してきた。

こちとら、あれだけの数の人とリアルで直接話すのは久しぶりなんだから、ちょっとは手加減しろよな。

ダンジョンにいるモンスターと命のやり取りを散々してきたから別に怖くはなかったが、人に酔って気持ち悪くなったんだぞ……。

ここは以前に二人と食事をした大宮ダンジョンの三十三階層にあるセーフエリアだ。

今外は非常に騒がしい状態になっているから、ダンジョン内で会うことにしたわけだ。ここなら現時点で攻略が進んでいる探索者とダンジョン配信者しか来ることができないからな。

セーフエリアの一番奥の一角にマジックポーチから出したテーブルと椅子をセットする。

「改めて、何度も私達を助けていただきまして、本当にありがとうございました！」

「ありがとうございました！」

セーフエリアに移動し席に着くなり、二人がいきなり頭を下げてきた。

「いいから頭を上げてくれ。前にも言ったが、あれは契約の範囲内だったから、そっちが気にすることはないぞ。いろいろとニュースを見たが、二人とも大変だったな」

虹野なんちゃらはダンジョン法の緊急避難により罪にはならなかったが、仲間を囮とした上にその事実をすり替えたため、今でもまだ叩《たた》かれ続けているらしい。

人気がある者ほど、非難の的になった時は酷いものである。まあこの件に関しては完全に自業自得だから、別にかばう気もないがな。

やはりダンジョンへ潜る際の仲間は本当に大事だ。自分の命を握らせていると言っても過言ではない。

……まあ、ソロの俺には関係ないけれど。

「本当だよ！　あれからいっぱい取材や配信のお誘いがきて、ずっとそれに出演していたから、全然休める暇もなかったんだ……」

そう言いながら一度上げた頭をぐったりとテーブルに伏せる瑠奈。

例の会見のあと、相手がトップダンジョン配信者ということもあって、二人は瞬く間に時の人となった。

ニュースやダンジョン配信業界の話題は華奈と瑠奈のニュース一色になったらしい。

「それにマネージャーが解雇されたので、事務所内は本当に修羅場でした……」

「ああ、当たり前だけれど、あのマネージャーはクビになったんだよな」

自ら受け持つダンジョン配信者を裏切ったことがバレて、結局あのマネージャーもかなり叩かれていたな。

記事を読んだところ、あの虹野なんちゃらに大金をもらい、別の大きな事務所で雇われるという好条件を受け、二人を裏切って嘘の証言をしたそうだ。

他にもあの会見の進行役など結構な数の人が、虹野なんちゃらからお金を受け取っていたとして処罰されたらしい。

むしろ日本ダンジョン協会の方が積極的に今回の関係者を処罰していたのはちょっと怖くもある……。

正直なところ、俺の方にも何らかの圧力か接触があると思っていたんだけれどな。

**ケチャラー**：たぶんあのマネージャーが虹野の次に叩かれていたと思うぞ。そりゃ一番味方にならなきゃいけないマネージャーが裏切るとかマジゴミだよな！

**月面騎士**：配信チャンネルを一緒に作り上げてきたのに、担当するダンジョン配信者を裏切ったんだから当然だな。すでに本名や住所まで特定されて晒《さら》されていたぞ。

**海ぶどう**：特定厨《ちゅう》マジで怖い……。もうまともな職に就くことすら難しいだろうなあ……。

**たんたんタヌキの金**：ぶっちゃけ見ている方は痛快だったぞ。悪いことをしたら天罰が下るの見本だったし。事務所からも多額の賠償請求で訴えられていてマジざまあｗｗｗ

「本当ですよ！　ずっと信じていたのに！」

「僕も本気で頭にきたよ！　今まで一緒に頑張ってチャンネルを作ってきたのにさ！」

俺のダンジョン配信のリスナーさん達のコメントを見て、華奈も瑠奈もうんうんと頷《うなず》いている。

ちなみに今日の配信も限定配信となっており、俺の招待したリスナーさんしかこの配信を見ることができない。

**†通りすがりのキャンパー†**：しかし、どこのメディアも例の会見のニュースや二人のことばかりだ。トレンドにも載っているし、一躍トップダンジョン配信者の仲間入りだな。

**海ぶどう**：チャンネル登録者数が爆増していたもんな。まったく、今頃二人の魅力に気付くなんて遅いぞ、このにわかども！

**たんたんタヌキの金**：いや、お前もちょっと前にチャンネル登録したばかりの超にわかだからなwww
「おかげさまでチャンネル登録者数が一気に増えました。ちょっと不本意ではあるんですけれど……」

「今まで仲のよかったリスナーさんが最初の記事が出た途端酷いコメントをして離れていって、僕達の言っていることが本当だって分かったら、実は俺はずっと信じていたとか言うんだもん……僕人間不信になっちゃうよ……」

どうやらリスナーからも酷いコメントを投げられたらしい。リスナーの大半は軽い気持ちで見ている人が多いのだろう。

「でも、私達をずっと信じてくれていたリスナーさんもいてくれたことが救いです。いろいろとありましたけれど、ずっと応援してくれていたリスナーさんのためにも、このままダンジョン配信を続けていきたいと思います」

「うん！　頑張ってもっと強くなろうね、お姉！」

「そうか、まあ頑張れ」
**XYZ：**華奈ちゃん、瑠奈ちゃん、マジ健気！
**WAKABA：**頑張って！　二人とも応援しているよ！
**月面騎士：**これが人気になるべくして生まれたダンジョン配信者か。ヒゲダルマも少しは見習え！
「でも僕達のことよりもヒゲさんの方がすごい話題になっているよね！」
**月面騎士：**それな！　『会見に颯爽《さっそう》と現れた、イレギュラーモンスターのベヒーモスを討伐する実力を持つ謎のイケメン探索者！』とか見出しにあったぜ！
**たんたんタヌキの金：**最初にあれを見た時は飲んでいたお茶を吹いたぞ！　一面にヒゲダルマの顔のアップだったもんなw
**海ぶどう：**というか、ヒゲダルマが髭を剃って髪を切ったら、めちゃくちゃイケメンだった件について！
**WAKABA：**そうだよねえ。ヒゲダルマさんはイケメンなんだから、身だしなみを整えた方がいいっていつも言っているのに……。
「そうそう！　僕も最初は誰だか分からなかったもん！　絶対にあっちの方が良いと思うよ！」
「わ、私もすごく格好よかったと思います！」
「見て分かる通り、俺は髭が伸びるのがすごく早いんだ。さすがにほとんど人と出会わないダンジョンの中で毎日髭を剃るのは嫌だぞ」
　みんな気軽に髭を剃れと言うが、実際に毎日髭を剃るのはかなり面倒なんだ。

特に俺は髭が濃くて硬いし、人と会う時は一日二回剃る時もあったし、ものすごい手間なんだよ。今はたった一週間でもうこんなに伸びてきてしまっている。

**XYZ**：日本ダンジョン協会も情報提供者を集めていたぞ。そりゃイレギュラーモンスターのベヒーモスをソロで倒せるやつとか絶対に把握しておきたいよな。

**†通りすがりのキャンパー†**：ネットの掲示板とかはデマばかりでもっとヤバい。やれ日本の最終秘密兵器だとか、実は世界最強の探索者だとか、別のダンジョンでの目撃情報なんかもあるな。

「めちゃくちゃだな……俺はこのダンジョンしか入ったことがないぞ。でもまあ、その謎の探索者が俺だということまでは世間にバレていないようだな」

一応まだ髭が生えそろっていなかったから、今週はマスクを付けながら配信を続けていたが、幸いなことにあの会見の男と俺はまだ結び付けられていない。

そもそも俺はSNSなんてやっていなかったし、ここ数年はずっとダンジョンにこもりきりだったからな。

**ケチャラー**：いや、ボサボサの髪と髭状態のヒゲダルマとあの男を結び付けられるやつはこの世に存在しないだろｗ

**海ぶどう**：会見のライブ配信を見ていたけれど、ヒゲダルマが来るのを知っていたのに誰だこいつってなったもんなｗｗｗ

**月面騎士**：というかこいつ、最初は以前に二人と会った姿のまま会見に行こうとしていたんだよね！

「えっ!?」

「ヒ、ヒゲダルマさん、本当なんですか？」

「……ああ。会見の会場で適当に覆面でもかぶって変装すればいいかなと思っていた」

**たんたんタヌキの金**：アホか！　会場へ行く以前に、不審者で即通報されて会場に辿《たど》り着《つ》けるわけないだろ！

**†通りすがりのキャンパー†**：あの格好で街を歩いていたら、事案待ったなしだな……。

**WAKABA**：さすがにあの格好はないよねえ……。

……散々な言われようである。

結局、身だしなみを整えるのが一番の変装かつ、会見を見ている人達の信憑性《しんぴょうせい》も上がるというみんなの意見に従った。

**ケチャラー**：挙げ句の果てに俺達がナビしているにもかかわらず、乗る電車を間違えるわ道を間違えるわで大遅刻をかましやがったしな！

**XYZ**：何が、三十分前くらいに会場へ到着しておけば大丈夫だろ（キリッ）だよ！　一時間の大遅刻じゃねえか！

**海ぶどう**：どうやってか分からないけれど、あの会見会場を調べてくれたキャンパーさんや、いろんな状況を想定して作戦を立てた俺達の努力がすべて水の泡になるところだったぞ！

**†通りすがりのキャンパー†**：あれでもし間に合わなかったら、リアルに切腹させていたからな！

もちろんハイポーションなしでだぞ！

「あの時は本当にすみませんでした！」

……リスナーさんのお怒りはごもっともである。

これについては全面的に俺が悪い。電車に乗るのは数年ぶりだけれど、別に何とかなるだろと思っていた俺が甘かった。

ダンジョンに引きこもっている間に外の電車の路線とか方向感覚とか、すべて吹っ飛んでいたらしい。

ダンジョンにある拠点へ戻ってきて、みんなへの報告配信はまず土下座から始めた。いきなり土下座から始まる配信はさすがに俺も初めてだったな……。

「あとでヒゲダルマさんから聞きましたが、皆さんにはとてもお世話になりました。キャンパーさんも皆さんも本当にありがとうございました！」

「海ぶどうさんに助けてもらうのはこれで二回目だね。本当にありがとう！」

華奈と瑠奈がドローンのカメラに向かって頭を下げる。今回もリスナーさん達には本当にいろいろとお世話になった。

**†通りすがりのキャンパー†**：困ったときはお互い様だから気にするな。少なくともヒゲダルマにアドバイスする時の十倍は頑張った。

**海ぶどう**：瑠奈ちゃんにハンドルネームを呼んでもらえただけですべてが報われたから大丈夫！

二人の力になれて本当によかったわ！

**たんたんタヌキの金**：俺もぜひハンドルネームで呼んでほしい！

**ＸＹＺ**：バカ！　セクハラで通報されるぞ！

**ＷＡＫＡＢＡ**：通報しました～。

**たんたんタヌキの金**：ジョーク！　ただのジョークだから！

　リスナーさん達も相変わらずなようだ。

　ぐうううう～。

「はううっ⁉」

「「…………」」

　突然瑠奈のお腹が盛大に鳴った。そういえば以前も同じことがあったな。

　今はお昼時だし、さっきからずっと話をしていたからお腹も空《す》いたのだろう。

「あ、あの、えっと……」

　顔を真っ赤にしながら恥ずかしがっている瑠奈。抱き着いてくることは気にしないのに、お腹が鳴ってしまうことは恥ずかしいようだ。

**ケチャラー**：再び瑠奈ちゃんの赤面ゲットだぜ！

**月面騎士**：これは食いしん坊恥ずかしがり屋キャラが定着してきたと言っても過言ではないな！

**ＸＹＺ**：二次元脳乙！　でも可愛いことは間違いない！

　相変わらずリスナーさん達も二人がいると騒がしいことだ。

「そういえば腹も減ったな。今日は華奈と瑠奈が無事だったお祝いにいろいろな料理を用意してきたから、ぜひ食べてくれ。珍しい食材も使ってみたし、例のイレギュラーベヒーモスの肉も少し置いて熟成させたから、この前とは一味違うんだ。感想を聞かせてくれると嬉《うれ》しいぞ」

マジックポーチから今回のために作っていた料理を取り出してテーブルの上へ並べる。

今回はお祝いと遅刻の贖罪《しょくざい》ということもあって、二人が食べたことのない深い階層のモンスターの食材を調達して料理を作ってある。それに加えて、例のイレギュラーベヒーモスを低温保存して熟成させた肉も使った。

前回とは一味違った特別な料理を楽しんでもらうとしよう。

「とってもおいしそうですね、本当にありがとうございます!」

「う、うん!」

久しぶりにダンジョンの外へ出たり、いろいろと準備をしたりと大変だったが、なんとか二人を助けることができた。

多少遅刻はしてしまったが、二人との契約と約束も無事に果たすことができて、またリスナーさん達と一緒にこんなくだらない話をできることが俺にとっては何よりのことだ。

この二人がこうして笑顔でいるところを見ると、多少なりとも頑張った甲斐《かい》があるというものである。

## 幕間《まくあい》　暇人の集まるスレ1

513：会見のリアルタイム配信を見ているけれど、さすがにこれだけ証拠を並べられたら言い逃れはできないだろw

514：負傷した華奈一人だけでシルバーウルフの群れを倒せたってのはちょっと無理があるだろうな。それに二人がダンジョンから帰還する時間が遅すぎる。証拠を隠滅していたり、口裏を合わせていたんだろう。

515：さっきも言ったけれど、それは華奈ちゃんがはぐれた瑠奈ちゃんを探していただけ！　華奈ちゃんも瑠奈ちゃんも絶対にそんなことはしない！

516：はいはい、そうでちゅね～きっと>>515の言う通りでちゅよ～。

517：煽《あお》りまくっていて草。ガチヲタはマジで怖《こ》ええからな。刺されないように気を付けろよ。

518：おっ、なんかマネージャーと揉《も》めてね。

519：あちゃあ～口裏合わせを頼んでいたマネージャーが諦《あきら》めて本当のことを話したんだろうな。

520：うわ～最後の最後に、味方にまで見捨てられてやんのｗｗｗ

521：最後は泣き出したうえに暴れているよ。こりゃ最悪だわ～。

522：マジざまあああ！　少しくらい顔がいいからって調子乗ってんじゃねえよ！

523：おっとこっちは虹野のファンか。こっちもこっちで民度低いなｗ

524：ちょっと待て、なんかいきなり誰か会場に入ってきたんだけれど‼

525：おいおい、どんだけ警備ザルなんだよｗ　なに、虹野のファンか何か？

526：うおっ、マジか！　まさかの目撃者！　てかイレギュラーモンスターのベヒーモス倒したって正気か！

527：遠くからしか見えないけれど、あれガチでベヒーモスの頭じゃね！

528：あの男は誰だ？　有名な探索者でもねーし、配信者でもねえよな？

529：初めて見る顔だな。イケメンは俺の敵だから俺が憶《おぼ》えていないだけかもしれんけど。

530：イケメンが敵なのは分かるw　でも俺も見たことないな。てか虹野が逃げた証拠があるってマ？

531：うおっ、マジくせえ！　映像は小さすぎて見えないけれど、記者や日本ダンジョン協会のお偉いさんがなんか叫んでる！

532：まさかの大逆転！　あっ、会見の配信が途切れた！

533：うわっ、なにこの展開！　最高すぎるんだが！

534：さっき記者がトップニュースとか叫んでいたな。その映像はよ！

535：ほら、言った通りだろ！　やっぱり華奈ちゃんと瑠奈ちゃんはそんなことしなかったんだ！　でもあいつは誰だ？　華奈ちゃんを呼び捨てしやがって！

536：いや、今そこどうでもいいからｗｗｗ

537：誰もそこは気にしてねえよｗ　それにしてもマジでガチヲタの言う通りだったな。てかこれが本当だったら、虹野ざまあすぎるんだがｗｗｗ

538：あいつ最近調子に乗りすぎていたからな。うわ～これマジだったら最高に熱いんだが！

539：ああ～続報はよ‼

# 第二章　二人の配信

華奈と瑠奈の無事を祝って振る舞った特別な料理に、二人は大いに満足してくれたようだ。

そして皿洗いや片付けを済ませた後、華奈と瑠奈から話があると言われ、俺達はテーブルで向き合っている。

「それでその……何度も助けていただいたヒゲダルマさんにこんなことをお願いするのはとても心苦しいのですが……」

「ヒゲさん、お願いがあります！」

「……なんだ？」

二人が改まってこちらをまっすぐ見てきた。何か俺に頼みごとがあるらしい。

いろいろとあったが、こうして知り合った以上、そこまでの面倒ごとでなかったら、引き受けるのもやぶさかではない。

「私達のダンジョン配信チャンネルで共演していただけませんか！」

「お願いします！」

「断る！」

**海ぶどう：**おい、また即答かよ！

**月面騎士**：美少女からのお願いを一刀両断、そこに痺《しび》れる憧《あこが》れ……だからねえってばよ！

**WAKABA**：なんだかすっごくデジャブな感じだね〜。

「やっぱりそうですよね……」

「う〜ん、このままだと僕達もいろいろとまずいんだよね……」

「なにがまずいんだ？」

「実は日本ダンジョン協会の人達が、ヒゲダルマさんについての情報を知りたいらしくて……もちろん恩人であるヒゲダルマさんのことは話していないのですが、先日の記者会見の時に連絡先をいただいた様子を見られてしまっていたようで……」

「僕もヒゲさんのことは僕達を助けてくれたダンジョン探索者ってことしか話していないよ！」

「ああ、それは助かるぞ。だけどそれのどこがまずいんだ？」

「協会の人達からヒゲダルマさんの連絡先を教えるように言われました。もちろん個人的な連絡先なので何度も断ったのですが……」

「遠回しに日本ダンジョン協会を敵に回すのか、みたいな感じで言われたんだよ。虹野チャンネルの件もあるし、僕達はあんまりよく思われてないみたいなんだ……」

あの虹野なんちゃらは日本ダンジョン協会お抱えのダンジョン配信者だったらしいし、二人がよく思われていないことも事実だろうな。

**XYZ**：さすがに協会を完全に敵に回したら、ダンジョン配信者としては致命的かもしれないな。ヒゲダルマの連絡先くらいならいくらでも教えていいのに。

たんたんタヌキの金：それな！　むしろ俺達が知っているヒゲダルマの個人情報をバラまけばいいんじゃないのか。

ケチャラー：うむ。それで華奈ちゃんと瑠奈ちゃんを守れるのなら安いものだ。

「おいこら！」

ここに俺の味方はいないのかよ！

一応ここって俺の配信チャンネルだよね⁉

「もちろんヒゲダルマさんの連絡先を教えるつもりはないのですが、それなら代わりに私達のダンジョン配信チャンネルに出演を依頼してもらえないかと言われまして……」

「ヒゲさんがどんな探索者なのか、みんな知りたいみたいだね。もちろん出演料もいっぱいくれるらしいよ」

「なるほど、そういうことか……」

一応会見会場を騒がしてしまったお詫《わ》びとして、イレギュラーベヒーモスの素材はそのまま置いてきたんだけれど、それだけでは許してくれなかったらしい。

何かしらこちらの持っている情報を提供しないと駄目か。

†通りすがりのキャンパー†：どうせちゃんとした格好をしていれば、ヒゲダルマだとはバレないし、一度出演してみてそれ以上何か言ってきたら、その時考えてみればいいんじゃないか？

月面騎士：というかヒゲダルマ、断れる立場だと思っているのか？

海ぶどう：あの大遅刻はまだ許されたわけじゃないよ！　華奈ちゃんと瑠奈ちゃんに辛《つら》い思いをさ

せたことは忘れてないから！

「うぐっ……」

そこを責められると非常に弱い……。

ちなみに記者会見の配信が切られたあと、二人に抱き着かれて泣かれたことはリスナーさん達には話していない。

それを伝えたら、本当に切腹させられてしまいそうだ。

「いえ、それは大丈夫です！　本当に恥ずかしいところを見せちゃいました。皆さん、忘れてください……」

「僕も後で見直してみたら、本当に恥ずかしかったよ……」

ちなみにあとでリスナーさんに聞いた話だが、二人の涙と本気の怒りが見ていた人達に伝わったこともあって、例のライブ配信は虹野なんちゃらの悪行と共に大炎上したらしい。

さすがにこれは俺が折れるしかないか。二人は遅刻については何も言わないが、このままだとリスナーさん達には一生言われてしまいそうだ。

いや、確かに大事な時にやらかした俺が一番悪いんだけど。

「……分かった。一回だけだが、そっちのチャンネルに出演するよ」

「本当ですか！」

「やったあ！」

まあ、見ず知らずのダンジョン協会のお偉いさんと話をするよりも顔見知りの二人と話す方が気は楽だろう。

「ああ、出演料はいらないから、これで俺が遅刻したことは許してくれ」

「いえ、出演料はちゃんと受け取ってください。遅刻の件はそもそも怒ってないです。皆さんが助けてくださったこと自体が本当に嬉《うれ》しかったんですよ！」

「うん、ヒゲさんが来てくれて本当に嬉しかった。遅れたなんて思っていないよ！」

「……分かった。それじゃあ出演料はちゃんといただくよ」

**たんたんタヌキの金**：ホンマに華奈ちゃんと瑠奈ちゃんはええ子やなあ～。

**XYZ**：こんなにいい子達を泣かせるなんて最低なやつらだな！（ヒゲダルマも含む）

**WAKABA**：でもヒゲダルマさんが遅れてくれたおかげで、マネージャーの裏切りも知れたし、虹野虹弥の悪行がこれだけ広まったことはあるのよね～。

**†通りすがりのキャンパー†**：しっ！　それは結果オーライで、ヒゲダルマが調子に乗るから言わぬが花！

「それと、モンスターと戦うのはいいが、別の配信とかでやっているモンスターで遊ぶようなことは絶対にやらないからな」

モンスターとの戦いのスリルを味わう遊びみたいな配信や、あえてスリルを出すために防具なしでモンスターと戦うといった配信もあるらしい。他にも捕らえたモンスターをどれだけ苦しめて殺すかという酷《ひど》い配信なんかもあるのが現状だ。

リスナーさんの話によると、二人のチャンネルはダンジョンを真剣に攻略するダンジョン配信らしいから、その心配はないと思うが一応な。

「もちろんです。内容はセーフエリアでヒゲダルマさんへの質問をすることと、ヒゲダルマさんとモンスターの戦闘を配信させてもらうくらいだと思います」

「それなら大丈夫か」

**たんたんタヌキの金**：でもヒゲダルマの戦闘は戦闘になってないけれど大丈夫なのか？

**ケチャラー**：ダンジョン配信なのに、モンスターとの戦闘シーンがないことに定評がある配信だぞ……。

**海ぶどう**：今更だけれど、どんな配信だよ⁉

**†通りすがりのキャンパー†**：最近だとダンジョン飯の配信として見ているからな。

「言っておくが、戦闘で手を抜く気はないぞ。いくら格下のモンスター相手でも、一瞬の油断で死の危険があるのがダンジョンだからな」

「ええ、大丈夫ですよ。皆さんもヒゲダルマさんが全力で戦う姿が見たいと思いますから」

「うん、きっとみんなもヒゲさんの全力を見たらとっても驚くよ！」

**月面騎士**：そういえばベヒーモスとどう戦ったのかは俺達も見ていないな。到着したらベヒーモスがクビチョンパ状態だったし。

**WAKABA**：いつも通り首を斬って一撃だったのかな～？

「確かに結果的には一撃だったな。ただ、あのベヒーモスは完全なパワータイプだったから、戦闘経験を積んでスピードのある相手に慣れていたら手強《てごわ》かったと思うぞ」

「僕の防具が紙切れみたいだったよ。かなり丈夫な防具のはずだったのにね……」

そう言いながら、少し青い顔をする瑠奈。

一度は死にかけたんだから、それも当然か。

「モンスターは基本的に首を落とすのがおすすめだ。急所の心臓を一突きするのもいいが、モンスターの心臓はどこにあるか分かりづらいし、一撃で仕留められなかった場合には平気な顔をして反撃してくるからな。とはいえ、首を落としても動けるモンスターもいるから、どんな時でも油断は禁物だぞ」

あいつらは腹とか首を斬っても平気で反撃してくることもあるから怖い。

「そ、そんなモンスターもいるんですね……」

**XYZ**：あれはさすがにビビったな。本当にダンジョンのモンスターの身体《からだ》の構造はわけが分からない……。

**WAKABA**：あの時はヒゲダルマさんも危なかったけれど、あれは油断するなという方が無理だよね～。

**海ぶどう**：深い階層にはそんなモンスターもいるのか。ダンジョン怖い……ダンジョン怖い……。

「あとは単純に首を落とした方が血抜きもできて肉がうまくなるんだよな。モンスターも外の動物と同じで心臓が血を身体中に運んでいるから、心臓を先に止めると全身に血が残って肉質が悪くなる。頸動脈《けいどうみゃく》を斬ると血が一気に吹きだすから、首をはねて心臓を首よりも上に持っていくと――」

**たんたんタヌキの金**：そういうのはいいから！　リスナーが求めているのはそういうことじゃない

んだよなあ……。

**†通りすがりのキャンパー†**：個人的にはそういう情報もみんなに知ってほしいんだけれど、需要は少ないだろうな。

**海ぶどう**：ライブ配信とか、いろいろとやらかしそうな気しかしないんだけれど、本当に大丈夫……？

「……えっと、きっとなんとかなりますよ！」

「たぶん大丈夫だ……よ？」

うん、とりあえず俺の信用が全然ないことはよく分かった。

血抜きとか解体についてては最初適当にやっていたけれど、ちゃんとした血抜き方法をキャンパーさんから聞いて試したら、圧倒的にそっちの方がうまかったんだよな。

それ以来、俺もただモンスターを倒すだけでなく、倒し方についてもちゃんと考えるようになった。

「それでは詳細が決まりましたら、またご連絡しますね。おそらく数日後になると思います」

「ああ、こっちはいつでも大丈夫だ」

**XYZ**：そりゃダンジョンに住んでいて、働いてもないんだからなw

**WAKABA**：住所不定の探索者って、なかなかいないよねえ～。

**月面騎士**：間違ってもその格好で行くんじゃないぞ。防具とか大剣とか、普段のヒゲダルマのとは違うやつにしておけよ。

**海ぶどう：**不安でしかないんだが……。

まさか俺が二人の配信に出演することになるとはなあ。

こちらでもいろいろと準備をしておくか。

◆◇◆◇◆

「夜桜《よざくら》、邪魔するぞ」

「あれ、ヒゲダルマじゃん！　いらっしゃいやせ～」

ここはダンジョンの外にある夜桜屋という小さな商店だ。

まあダンジョンの外といっても、大宮ダンジョンの入口のゲートがある建物内に入っている店だから、外と言っていいのかは怪しいところだがな。

突如世界中に現れたダンジョンへと繋《つな》がる巨大な謎のゲート。他のダンジョンもこの大宮ダンジョンと同じで、ゲートを中心に日本ダンジョン協会が巨大なビルを建て、その中にダンジョン関連の研究機関や探索者向けの道具を販売する店が多く存在する。

最近だとダンジョン配信者が増えてきたため、ダンジョン配信用のドローンなんかの専門店もいくつかできたようだ。

ダンジョンのゲート自体も研究がずっと進められているが、未《いま》だに何も分かっていないのが現状である。ダンジョンという存在は本当に謎なのだ。

「日用品の補充はまだ先じゃなかったのかい？　まったく、お米とか調味料とかは自分で買いなよ。うちは小さいながらもダンジョン配信者向けのお店なんだからね！」

目の前にいるメガネを掛けた黒髪ロングの女性の名前は夜桜こころ。この大宮ダンジョンビルの十五階に位置する夜桜屋の店主だ。

普段はダンジョンに引きこもっている俺だが、数ヶ月に一度だけはこの店を訪れている。

というのも、ダンジョン内で肉や魚や野菜は手に入れることができるのだが、醤油《しょうゆ》や味噌《みそ》などの調味料、そしてなにより米を入手する手段がないのだ。

そのため、とある縁で知り合った夜桜に頼んで、定期的に調味料や米、他にもダンジョンでは手に入らない様々な道具を大量に購入してマジックポーチに保存しているわけだ。

「その分手数料はかなり多く払っているだろ。ほら、この前の頼みごとの分の報酬だ」

どさどさと店のカウンターの上にダンジョンで狩って解体してきたコカトリスの素材などを載せる。卵や肉は俺が食べるから、それ以外の骨や皮などの食べられない部位だ。

「しかも支払いは全部モンスターの素材と物々交換だなんて、本当にいつの時代なんだか。まったくヒゲダルマは面倒なお客だよね……」

「だからかなり多めに持参しているつもりなんだけれどな。まあ、どうしても嫌なら他の店に持っていくが……」

「うそうそうそ！　うちみたいな小さな店だとヒゲダルマへの売り上げだけでもかなり大きいんだよ！　ぶっちゃけヒゲダルマがいなかったら、うちのお店が潰《つぶ》れちゃうから！」

「……まあ、俺も冗談で言っただけだ」

さすがに商店としてそれはどうなんだとも思うが……。

確かにいつこの店に来ても、毎回数人くらいしかお客さんが来ていない。今日も俺以外ではお客さんが一人だけだ。

なんだかんだ文句を言いつつも、俺の頼んだものを仕入れてくれるこの店の存在はとてもありがたい。そして何より、夜桜は俺が持ってくるモンスターの素材の出所を秘密にしてくれている。

コカトリスなどのモンスターの素材は外だとだいぶ高値で取引されているらしく、高級な素材を大手の買い取り所で何度も引き取ってもらうと目を付けられてしまいそうだからな。

「それならいいよ。うん、相変わらず十分すぎるほどの報酬だね。またこっちがもらいすぎになるけれどいいのかい？」

「ああ。分かっていると思うが、口止め料も含んでいるからな。それに前回の件は本当に助かった。最近はあんなデバイスなんかも出ているんだな、だいぶ驚いたよ」

「記録媒体から再生するデバイスのことかな。最近だとだいぶ小型化されて、値段もかなり安くなっているからね」

この前の会見の時に会場で映像を流したデバイスや記録媒体は夜桜に頼んで急遽《きゅうきょ》入手した物だ。俺がダンジョンにこもったころから、だいぶ技術は発達しているらしい。

「それにしても驚いたよ。例の会見のライブ配信は見たけれど、まさかヒゲダルマが全国デビューするとはね！　今巷《ちまた》じゃあの謎のイケメン探索者は誰だって、だいぶ騒ぎになっているよ。それで今日はマスクをして帽子をかぶっているんだね」

声のトーンを落としながら、耳元でこの前の会見の話をする夜桜。こいつも外見は綺麗《きれい》な女性なんだから、男である俺に対していろいろと気を付けてほしいものなんだがな。

「こっちもいろいろとあったんだよ。俺に合うスーツを用意してくれて、髪を整えてくれたのも本当に助かった」

「……まったく、あの時はいろいろと無茶を言ってくれたよね。私は美容師でもスタイリストでもないってのにさ」

あの会見の時に作戦を立ててくれたのは俺のチャンネルのリスナーさん達だが、実際にデバイスを準備してくれたり、俺の髪を切ってスーツを用意してくれたりしたのは夜桜だ。

幸いその時にお客さんは一人もいなかったから、すぐさま店を臨時休業にしてもらって、ここで髪と髭《ひげ》を切って整えてもらい、俺の背丈に合うスーツなどを他の店で見繕って購入してもらった。

その分の報酬は今回モンスターの素材で多めに支払ってある。

「あの格好だと髪を切る店にも入れてくれないだろってリスナーさんに言われちゃってさ」

「当たり前だよ！　ぶっちゃけうちの店にヒゲダルマが来ている時も、何度かお客さんから通報した方がいいか聞かれたことがあったからね」

「マジか……」

そこまでだったのはちょっとショックだ。まったく、人は見た目じゃないというのに……。

「それで今日は何の用だい。いつもの定期的な調味料とかお米はまだ準備していないから、数日は待ってほしいんだけれど」

「ああ、今日は別件だ。実はまたいろいろとあって、明日一度だけ例の双子の配信チャンネルへ出演することになってしまってな。また、身なりを整えてほしいんだ」

「だから私は美容師でもスタイリストでもないんだってのに……」

「急で悪いけれど頼む。モンスターを倒すとかならいいんだが、美容院へ行って髪を切ったり、スーツを試着して買ったりとか、今の俺にはハードルが高すぎるんだよ……」

「……イレギュラーモンスターのベヒーモスを倒せる男が何を言っているんだか」

いや、夜桜の言いたいことは分かるが、美容院で髪を切ってもらうのって、何年もダンジョンに引きこもっていた俺にとってはかなりきつい。

前回の会見は人が多くて、ちょっと気持ちが悪くなってしまったが、基本的には相手は敵であると思っていたから問題はなかった。

だけど美容師さんに髪を切ってもらいながら話をするのは、それと違った居心地の悪さがあり、何年も美容院や床屋へ行っていなかった俺にはモンスターを相手にするよりも遥《はる》かに辛いんだよ。

「ちなみにさっきの報酬とは別で、これが今回の報酬だ」

「お客様、当店の本日の営業はここまでとなります。誠に申し訳ございませんが、またのお越しをお待ちしております！」

「……現金なやつだな」

報酬であるモンスターの素材を見せると、唯一この店にいた他のお客さんを追い出して、店の表の看板を閉店に裏返す夜桜。

あのお客さんには悪いことをしてしまったが、こちらも夜桜を頼るしかないのだ。

◆◇◆◇◆

「本当にこれで問題ないか？」

**たんたんタヌキの金：**ああ、いいんじゃないか。普段の配信でもその格好だったら、間違いなくもっと人気が出ていたな。

**WAKABA：**少なくとも普段のヒゲダルマさんとは全然違うから大丈夫だよ〜。

**月面騎士：**これなら、いつもの格好とは似ても似つかないな！

**†通りすがりのキャンパー†：**あれをここまで仕立て上げてくれたその店の人を俺は尊敬するぞ……。

……散々な言われようである。いつもの格好ってそこまで酷いかな？

少なくともモンスターと戦闘をする分にはあっちの方が攻撃力と防御力は遥かに高いのに……。

今日は俺の相棒である白牙一文字も持たず、一昔前に使っていた武器と防具を用意して、いつもの戦闘用スーツの上にまともに見える既製品の防具を身につけている。

まあこの階層なら、イレギュラーモンスターでも出ない限りはまったく問題ない装備だ。とはいえ、油断をする気はこれっぽっちもないけれどな。

「ヒゲダルマさん。と、とっても格好いいです！」

「ヒゲさん、似合ってるね。惚《ほ》れちゃいそうだよ！」

「ああ、お世辞でも嬉《うれ》しいぞ」

「……お世辞ではないんですけれどね」

「むう〜それに全然嬉しそうじゃないし……」

いや、この状況でそんなことを言われても、お世辞としか思えないだろ……。

「それより、分かっていると思うけれど、配信が始まったら俺の普段のハンドルネームは使うなよ」

「はい、もちろんです！」

「うん、もちろんだよ！」

双子の姉である華奈の方はしっかりしているから大丈夫そうだが、妹の瑠奈の方はちょっとだけ心配だ。ポロッと言ったりしないことを祈ろう。

瑠奈の方は短剣でスピード重視ということもあって、服の下に軽い防具を着込んでいるらしい。華奈の方は初めて会った時に着ていた鎧とは別の鎧を身につけている。それにしても、最近の防具は装飾なんかもすごいんだな。

俺が自作した防具なんかとは異なり、細かいところまでしっかりと作り込まれており、可愛《かわい》らしい装飾まで付いていている。

二人が女の子ということもあるのだろうけれど、それにしても本当に可愛らしく作り込まれている。配信者としては見習うべきところなんだろうな……。

「それじゃあ向こうの配信が始まるから、こっちの配信の方はここまでだ。続きが気になる人は二人のチャンネルの方を見てやってくれ」

今は俺の方のチャンネルの配信によって、二人のダンジョン配信の準備をしている様子を流しているが、これ以降は二人のチャンネルで配信となる。今日の俺の配信はここまでだ。

**月面騎士**：もうとっくにそっちを見る準備しているから大丈夫だw

**海ぶどう**：というか、華奈ちゃんと瑠奈ちゃんのチャンネルの待機リスナー数がとんでもないのだが……。

**たんたんタヌキの金**：そりゃ今話題のイケメン探索者（笑）を独占配信するんだから、人も集まるに決まっているわな。

「すみません、ヒゲダルマさんの話題を利用するような形になってしまって……」

「そこは気にするな。むしろ二人の方に話題が向かってくれる方が俺にとってはありがたい。それに前払いでたくさん報酬ももらっているわけだからな」

今回は出演料ということで、事前にお金をもらっている。振込先がないため、二人を通して現金でもらったのだが、結構な大金だ。とはいえ、今の俺には使い道もないから、いくつかのマジックポーチに分散して入れてあるだけだがな。

「さて、それじゃあこっちは配信を切るぞ。ここまでの視聴ありがとうな」

リスナーさんへ感謝の言葉を伝えて、俺の配信を終了した。

さて、いよいよ華奈と瑠奈の配信が始まる。

「皆さん、こんにちは！　ダンジョンツインズチャンネルの華奈です！」

「瑠奈です！　みんな～今日もよろしくね！」

二人の配信が始まり、配信用ドローンに二人が挨拶《あいさつ》する。

どうやら二人の配信はそれぞれのドローンの映像を同時に映しているらしい。例の腕輪を中継して、現在配信中の映像とリスナーさんからのコメントをテーブルに置いたデバイスによって宙に表示している。

まだ配信が始まったばかりというのに、ものすごい数のコメントが流れていく。人気のあるダンジョン配信者のコメントはこんなにも多いんだな……。

そして、二人はあんな感じでポーズをしながら挨拶するのか。

なるほど、確かに可愛さがある。だが、俺があれをしたところで、絶対にリスナーさん達には不評だろう。

「今日は事前に告知していたように、今話題のこの人に来ていただきました」

「ジャ～ン！　僕達を二度も救ってくれた匿名キボンヌさんで～す！」

「初めまして、匿名キボンヌです」

二人のドローンが俺の方を向く。

今日の俺はヒゲダルマではないので、偽名を使っている。残念ながら二人はキボンヌという言葉自体を知らなかった。これが世代の差というやつか……。

以前会見に押し入ったときと同じく、髪を夜桜に整えてもらって、髭を剃っているから普段の格好とは全然違う。これならバレることはないだろう。

「匿名キボンヌさん、まずはイレギュラーモンスターのベヒーモスから助けていただき、本当にありがとうございました！」

「その後も先日の会見で、自分のことを秘密にしておきたいのに僕達を助けに来てくれて、本当にありがとう！」

二人とはあの会見のあとに会うのは初めてという設定となっている。

「前にも言ったが、あれはちゃんとした契約だ。イレギュラーモンスターのベヒーモスの情報を教えてもらうのと、俺の存在を黙ってもらう代わりに、俺は二人を助けると約束した。華奈と瑠奈があの状況でも約束を守ってくれたのに、俺の方は約束を守るのが遅れてしまって本当にすまない。普段はダンジョンにこもっているから、外の情報をあまり見ていなかったんだ」

その節は本当に悪かったと思っている。

だが、遅れた理由については配信で絶対に言うなとみんなから言われている。

……電車を乗り間違えて道に迷ったなんて本当のことを言えば、炎上することは間違いないからな。さすがの俺でもそれくらいは分かる。

「とんでもないです！　匿名キボンヌさんは知らん顔をしていればいいのに、それでも助けてくださったことを私は一生忘れません！」

「僕も！　リスナーのみんなも匿名キボンヌさんにありがとうって言ってくれています」

「ああ、それならよかった。とはいえ、今日はその埋め合わせもあるから出演を受けたが、これ以降は配信に出演する気はないからそのつもりで頼む」

「はい、もちろん分かっています」

「でもちょっと残念だよね。匿名キボンヌさんが配信をすれば、絶対人気のあるダンジョン配信者になれるのにね」

「すまないがその気はない」

ヒゲダルマとして配信していることがバレないように、普段俺は配信をしていないダンジョン探索者ということになっている。

「残念です……。それでは今回の配信では匿名キボンヌさんに様々な質問をさせていただきます。もちろん答えられないことは答えなくても大丈夫ですからね」

「ああ、分かった」

ちなみにここはいつもと同じダンジョンの三十三階層にあるセーフエリアの一つだ。そこにテーブルと椅子を配置して配信を行っている。

まずは事前に用意していた質問に俺が答えるといった形式だ。基本的に日本ダンジョン協会からの質問と、二人のチャンネルのリスナーさんからの質問をまとめたらしい。

日本ダンジョン協会の会見に出る気はこれっぽっちもなかったが、これなら二人のチャンネルにも人が集まるし、会見で遅刻した償いにもなるからな。俺としても他の人と話すよりも二人と話した方が気は楽だ。

「それじゃあ最初の質問だよ。匿名キボンヌさんはソロでイレギュラーモンスターのベヒーモスを倒すくらい強かったけれど、いったい今は何階層目まで攻略が進んでいるの？」

たぶんこれがみんなの一番知りたかった情報だろう。

「詳しい踏破階層については秘密だが、五十階層を超えているということだけは伝えておく」

「五十階層ですか⁉　ここ大宮ダンジョンの最高到達階層は公式記録では四十階層ですから、その遥か先を進んでいるということですね！」

そういえば俺の到達階層については二人にも伝えていなかった。華奈の方は素で驚いているみたいだ。

「すごい、僕達は二人でもまだ三十七階層が最高なのに……でも、どうしてそのことを秘密にしているの？」

「あまり有名になってしまうと、逆にダンジョンを探索するための時間が少なくなるからな。それに最高到達階層を競い合って無茶をして、命を危険に晒《さら》したくないというのもある」

「なるほど……」

実際にはダンジョンの外のことがすべて嫌になって、ダンジョンに引きこもって暮らしていることを秘密にしたいだけだ。

とはいえ、今言った二つも一概に嘘《うそ》とは言えない。特に後者の方は今も多少問題になっている。

ダンジョンの最高階層を踏破した者の名は一生記録が残る。その名誉を競い合って、無茶をしたり他人を妨害しようとしたりする探索者などが存在することも事実だ。

人気や名誉やお金などは時として人を変えてしまう要因にもなる。

「匿名キボンヌさん、大変失礼なのですが、何かそれを証明できるようなものはありますか？」

ものすごく申し訳なさそうに華奈が言う。これについては聞かれるのも当然だ。言うだけならなんとでも言えるからな。

「ああ。その辺りの階層で出てくるモンスターの素材を渡すから、そちらで調べてくれ。それと四十階層よりも深い階層で出てくる危険なモンスターの情報も伝えておこう」

「えっ、そんな貴重な情報をいいの⁉」

瑠奈が驚く。

ダンジョンの情報というものは、情報自体がかなりの価値を持つ。貴重な情報は高値で取引されたり、限定配信により有料で配信されたりするらしい。

「ああ。それで証明にもなるだろ。その情報はあとでまとめて渡すから、このチャンネルで他の人に教えてやってくれ。これも遅れた償いの一つだ」

さすがに俺もこれまでの情報をすべて渡すようなお人好《ひとよ》しではないぞ。うまいモンスターが出現する場所などを教える気はない。

だが、その辺りの階層から初見殺しの危険なモンスターが現れることも事実なのである。

首を落としても動きながら襲ってくるモンスターや特殊な攻撃をしてくるモンスターなどは初見で対応するのが難しい場合も多い。

俺はダンジョンに入るのはその生死も含めて完全に自己責任だと思っているが、探索者や配信者に死んでほしいと思っているわけではない。

自らの命を懸けてまでその命を救う気はないが、危険を避けられる情報を伝えるくらいは構わない。

「匿名キボンヌさん、ありがとう！　みんなとっても喜ぶと思うよ！」

「ああ。それならよかった」

「ありがとうございます。私もしっかりと勉強しておきますね！　それでは次の質問です。匿名キボンヌさんはどうしてそんなに強くなれたのですか？」

これも間違いなく来ると思っていた質問だ。そのため自分なりにその回答は用意してきた。

「多分ダンジョンを知っている人なら当然既知のことだと思うが一応説明しておく。ダンジョンの中で発生するモンスターを倒せば倒すほど、ダンジョン内限定で、基本的な身体能力が上がっていくことは知っているよな？」

「うん。それはダンジョンで最初に教わることだよ。一般的には経験値って呼ばれていて、それは男女関係なくもらえるから、僕達みたいな女性でも、ダンジョン内では男の人よりもすごい力を出せるんだよね」

「ああ。そしてその経験値はモンスターを大勢で倒せば倒すほど減っていく」

「そうですね。なので、ダンジョン探索を行う際は多くても四人でダンジョンを探索することが推奨されています。私達も基本的には二人で探索を行っているので、比較的早く今の階層まで来られたのだと思います」

そう、モンスターを倒した経験値は倒した人数が少ないほど多くもらえる仕組みになっている。最近ではその辺りの研究も進んでおり、戦闘に貢献した者ほどより経験値を多くもらえるという研究結果も出ているらしい。

「俺が他の人よりも階層が進んでいるのはソロで探索を続けていたことが理由の一つだろうな。もう一つは単純にダンジョンで探索している時間が他の人よりも長かったことだ。いろいろとあって、ダンジョンに潜り始めたころはひたすら探索を続けてモンスターを倒していたからな」

というより、最初のころは自暴自棄になっていたし、帰る家もなかったので、ダンジョンで暮らしながらがむしゃらに探索を続けていた。

今は探索を止《や》めてのんびりとうまい飯を食べて生活をしているだけだが、当時はかなり無理をしたものだ。

「なるほど。ですがソロで行動することは……」

「ああ、その通りだ。ソロでダンジョンに入るのは絶対に止めておけ。ただの自殺行為だ」

そう、ダンジョン内において、ソロで探索するのは完全に自殺と同義だ。初めの階層の方はまだソロでもなんとかなるかもしれない。

しかし階層を進むにつれて、モンスターの脅威は上がり、複数で徒党を組んで襲ってきたり、特殊な状態異常を伴う攻撃をしてきたりするようになる。

その際にどうしてもソロでは対応できないのだ。俺の場合は毒や麻痺《まひ》などの耐性を少しずつ無理やり身につけていったが、不測の事態に備えて仲間と一緒に行動した方が良いに決まっている。

「俺の場合は今まで奇跡的に生き残ってきただけにすぎない。実際のところ、覚えているだけでも十回以上は死にかけているぞ。ここでこうして生きているのは本当に運がよかっただけだ。ダンジョンに入る時にソロだけは止めろ、十中八九……いや、九十九パーセント死ぬぞ」

俺がこうして今生きているのは、リスナーさんからのアドバイス、そして強運に助けられてきた結果だろう。

実際にガチでダンジョン攻略をしている探索者やダンジョン配信者の中で有名なソロの人がいない理由はそういうわけだ。

あの虹野なんちゃらも普段ダンジョンを探索する時は優秀なダンジョン探索者のアシスタント三人と一緒だしな。ソロで無茶をした人はとっくに命を落としている。

俺の言葉を聞いてソロでダンジョンに潜る人が増えても困るから、ここはしっかりと忠告しておかないとな。さすがにそれ以上は完全に自己責任で俺の知ったところではない。

「……なるほど、とても参考になりました」

「すっごく勉強になったよ！」

そのあともいくつかの質問に答えていった。

事前に俺個人のことは話さないと伝えてあったので、基本的にはダンジョンのことについての質問ばかりであった。役に立つことも結構伝えたから、日本ダンジョン協会の方も多少は満足してくれただろう。

危険なモンスターの情報なんかは定期的に華奈と瑠奈を通して発信してもいいかもしれないな。

それ以上のことを日本ダンジョン協会が求めるのならバックレるが。

「本当にいろいろとありがとうございました。それではそろそろ時間になりますので、これが最後の質問になります」

ふう～いろいろと答えてきたが、これが最後の質問らしい。

この後は実際に俺の戦闘を少しだけ見せて、この配信は終わりの予定だ。

「と、匿名キボンヌさんは現在結婚をしている人や、お付き合いされている女性はいますか？」

「…………」

いや、なんだよその質問は？

さっきまではダンジョンに関わりのある質問だったのに、いきなり俺のプライベートな話になったぞ。

「どうなの、匿名キボンヌさん！」

「どうなんですか！」

「…………」

しかもこの質問に限って瑠奈も華奈もとても食い気味だし。なんならさっきのダンジョンの質問についてよりも興味がありそうなんだが……。

「いや、未婚だし、今付き合っている女性はいない」

そもそも自暴自棄になって、ダンジョンに潜る原因となった一つが女性関連だ。

少なくともそのあとは女性なんて意識することはなかった。華奈と瑠奈が女性として綺麗《きれい》なのは分かるが、俺が女性として意識していないのはそういう理由もある。

「本当ですね！」

「あ、ああ」

なぜか華奈の圧がものすごい。

「じゃあじゃあ、匿名キボンヌさんの年はいくつなの！」

最後の質問じゃなかったんだっけ……？

「三十くらいだと言っておく」

実際の年齢も三十歳なのだが、年齢を断定すると身バレに繋《つな》がりそうだから、若干ぼかしておく。

「三十かあ……うん！」

なぜか一人で頷《うなず》く瑠奈。何がうんなのだろう。

「それでは匿名キボンヌさんのタイプの女性はどんな人ですか！」

「…………」

いや、もはやダンジョンとか欠片《かけら》も関係ないし！

「それについてはノーコメントだ。というかその辺りの質問は事前にあった質問なんだよな？」

「は、はい！　じ、事前にリスナーさんからあった質問ですよ！」

まあ、俺が髭《ひげ》を剃《そ》った姿の女性ウケはよかったらしいから、そういうことが気になるリスナーさんもいてもおかしくないのか。

「そ、それじゃあ質問コーナーはここまでだね！　次は実際にモンスターと戦うところを見せてもらうよ！」

質問が終わり、そのまま三十三階層のセーフエリアを出て、配信を続けつつ華奈・瑠奈とモンスターを探して歩いている。

「そういえば二人の武器は魔石が付いているようだが、属性が付与されているのか？」

以前に二人が装備していた武器と変わっていた。確か以前新しい武器に新調すると言っていたが、今日の武器には魔石が付いていた。

「はい。最近新調したのですが、私のロングソードは火属性が付与されています」

「僕もベヒーモスに折られちゃったから新調したんだ。この短剣には風属性が付与されているよ」

ダンジョンの中では、それまでに得てきた経験値によって身体能力が上がっていく。

しかし、どれだけモンスターを倒しても、ゲームのように魔法やスキルというものが使えるようにはならない。

モンスターの中には火を吐いたり、水を操るようなモンスターも現れるが、人が魔法を放つことは今のところ確認されていない。

だが、ダンジョン内に現れる宝箱から得られる物の中で、魔石というものが存在する。その魔石に特殊な加工を加えてから武器に仕込むと、火や風などの属性を付与できることが最近の研究によって分かったのだ。

もちろん魔石自体が非常に高価なうえに、加工して武器に仕込むから、ただでさえ高価な武器がさらに高くなる。属性付きの武器を持っている時点で、かなり上位の探索者やダンジョン配信者となるらしい。これもリスナーさんから聞いた話だ。

「先に二人の戦闘を見せてもらってもいいか？」

「はい、分かりました」

「うん、了解だよ」

「ウモオオオ！」

しばらく歩いたところでミノタウロスが現れた。

ミノタウロスは人型で二足歩行のモンスターだ。頭は角が生えた牛のような姿をしており、毛深い胴体も特徴的である。

体長は二メートル以上あり、二人よりも遥《はる》かに身体が大きく、その右手には棍棒《こんぼう》が握られていた。

「瑠奈、行くわよ！」

「うん、お姉！」

二人とも戦闘態勢に入り、ミノタウロスと対峙《たいじ》する。

さすがにミノタウロス一匹なら問題ないと思うが、俺も背中に背負った大剣を抜き、何かあればすぐ援護できるように準備をしておく。何が起こるか分からないのがダンジョンだからな。

「せいっ！」

「ウモオオ！」

華奈がミノタウロスの棍棒による攻撃を回避しつつも、ロングソードによる一撃を食らわせる。

いつの間にか華奈が持つロングソードは炎を纏《まと》っていた。あれが魔石による属性効果の付与か。モンスターの中には火に弱いモンスターもいるから、そんな相手には大ダメージを与えられるだろうな。

「やあっ！」

「ウモオオ！」

そして傷口から燃え上がった炎を消そうと気を取られた隙に、瑠奈の短剣による攻撃がミノタウロスへと入る。それほど大きな威力ではないが、一度の攻撃で三度もの斬撃を浴びせていた。

風の属性付与は武器の切れ味を増す効果もあるので、瑠奈の短剣でもあれだけの切れ味が出るのだろう。

属性付与された武器……魔石の加工は難しそうだが、あの効果は捨てがたい。俺もいろいろと試してみてもいいかもしれないな。

「ウモオオオ……」

そのまま二人は数分間ミノタウロスと戦い続け、ミノタウロスの巨体が地面に沈んだ。結局華奈と瑠奈は一度もミノタウロスの攻撃を受けることなく戦闘を終了した。

どうやら二人とも手数とスピードを武器に戦闘を進めるタイプのようだな。

「いかがでしたか？」

ミノタウロスが動かなくなったことを確認し、今の戦闘の感想を華奈から求められる。

あまり人に教えるのは得意ではないが、とりあえず今の戦闘の感想を正直に伝えるとしよう。

「ああ、悪くなかったと思うぞ。二人とも自分の特徴を最大限に活《い》かした立ち回りをしているように見えた。敵の攻撃もちゃんと見えていたみたいだし、属性付きの武器と今の戦闘スタイルは相性が良さそうだな」

「はい、ありがとうございます！」

「えへへ～！」

二人とも俺なんかに褒められて、とても嬉《うれ》しそうにしている。

「理想を言えば、もう少し急所を的確に狙って戦闘を行えるといいな。手数で攻めるにしても、目を狙ったり臓器のある部分を狙えば、より有利に戦闘を進められる。別に戦闘を急げというわけじゃないが、時間を掛ければ掛けるほど他のモンスターに遭遇する可能性もあるし、想定外の出来事が起こる可能性も上がってくるからな」

「うん、分かったよ！」

「なるほど、勉強になります！」

「まあ、これは俺がソロだからということもある。それに戦闘に関しては完全に独学だから、あまり参考にしなくてもいいぞ」

「ううん、とっても参考になったよ！」

「貴重なアドバイスをありがとうございました！」

「そうか。それじゃあ次は俺の番だな。別のモンスターを探すとしよう」

ミノタウロスは食べるのには向かないので、価値のある硬い角だけを剥《は》ぎ取ってからその場を後にする。

モンスターの死骸《しがい》は時間が経《た》つとダンジョンに吸収されるので、不要な死骸はそのまま放置して問題ない。


「……ちょうどミノタウロスが三体いるな」

俺達の視線の先には先ほど二人が倒したのと同じミノタウロスが三体いる。ミノタウロスは複数体で行動することもあるので、こちらも複数人でパーティを組んで戦うのが基本だ。

「一体ずつ僕達が引き付けようか？」

「いや、向こうはこちらに気付いていないようだし、一人で十分だ。当たり前だが、こちらから奇襲した方が優勢に戦いを進められる。逆をいうと、ダンジョン内にいる時は常にモンスターからの奇襲には気を付けておくんだぞ。よし、それじゃあ行ってくる。何かあったら援護を頼む」

「分かりました！」

「うん、いつでも行けるように準備しておくね！」

二人と離れて、身を隠しながら三体のミノタウロスの方へ進んでいく。

……よし、この辺りからなら、一気に距離を詰められる。

あとは三体のミノタウロスの視線がうまくお互いから外れたところで……今だ！

ザンッ。

一体目のミノタウロスの首が宙を舞った。

そのまま方向転換して一体目と同様に二体目の首を落とす。

「ウモォ!?」

そして最後のミノタウロスがようやくこちらの存在に気が付くが、敵が戦闘態勢を取る前に三体目のミノタウロスの首を落とした。

「ふう〜」

ミノタウロスは首を落とせば死ぬことは分かっているが、それでも何が起こるのか分からないのがダンジョンなので、常に残心を怠ってはならない。

「……よし、動かないな。二人とも、もう大丈夫だぞ」

「「…………」」

「どうした、大丈夫か?」

二人が黙っているが、特に周囲に異常があるわけではなく、俺の戦闘を見てフリーズしていたらしい。

前回二人と一緒に探索をした時も同じ状態になっていたな。

「ミノタウロスをすべて一撃ですか。やっぱり速すぎて、残像を追うだけで精一杯でした……」

「ぼ、僕もほんの少ししか見えなかったよ」

「これまでにかなりのモンスターを倒してきたからな。理想を言えば、あんな感じでモンスターの首を斬り落とすのが一番手っ取り早い。あと、首を落としても身体だけ動くようなモンスターもいるから、常に油断だけはしたら駄目だからな」

以前二人には言っておいたが、改めて伝えておく。

本当にダンジョンではどんな時も油断をしてはならない。

「わ、分かりました！」

「うん、了解だよ！」

その後二回ほどモンスターと遭遇し、今度は不意打ちでない状態でもモンスターと戦った。そちらも問題なく、誰も怪我《けが》をすることなく倒すことができ、二人の配信が無事に終了した。


「はい、これで配信は終わったよ」

「こちらも配信は終了しました」

二人が腕輪でドローンを操作して配信を終えた。

「ふう～普段の自分の配信とは違って緊張するな。それじゃあ帰還ゲートまで戻るか？」

「はい」

「疲れたけど楽しかったあ～」

今回はゲストということで華奈と瑠奈の配信チャンネルに出たが、ダンジョンに暮らしていることをポロッと言わないようにだいぶ注意をした。

「それにしても属性付きの武器は面白いな。風に炎といろいろな使い道もありそうだ」

配信中に華奈の火属性のロングソードと、瑠奈の風属性の短剣を実際に使わせてもらったが、モンスターと戦う際に役に立ちそうだった。

属性付きの武器は魔石のエネルギーさえ残っていれば、誰にでも使用することができる。魔石の大きさによって威力や使用できる回数などが異なるらしい。

斬撃に追加の効果も与えられるし、俺も少し考えてみるかな。

「属性付きの武器は比較的新しい技術ですし、難しいこともあって、まだそれほど探索者やダンジョン配信者には普及していませんね」

「ヒゲさんの武器の方が強いかもしれないけれど、もし良かったら僕達がお世話になっているお店を紹介しようか？」

「そうだな、もしかしたらお願いするかもしれない。その時は頼む」

実際のところ素材の関係もあって、ダンジョンの外の店で作られた武器よりも、俺が作った武器の方が強いのだが、魔石を使って武器に属性を付ける技術は少し興味がある。

新しく難しい技術らしいから、習得は時間がかかるのかもしれないが、むしろそっちの方が燃えるところだ。またリスナーさん達の力を借りつつ挑戦してみてもいいかもしれない。

そんな話をしていると無事に帰還ゲートまで到着した。

「ヒゲダルマさん、今日は本当にありがとうございました」

「ヒゲさん、今日は本当にありがとう」

「ああ、なんだかんだで俺も今のダンジョン配信がどういう感じなのかを知れて勉強になったよ」

今日はこの二人と一緒に行動をしていたが、戦闘以外の間はちゃんと自分達を映すドローンの位置とかにも気を遣っていたり、周りを警戒しつつもリスナーさんのコメントを紹介したりと、ダンジョン配信者として様々なことに配慮していることがよく分かった。

……俺の配信なんて、挨拶《あいさつ》をしたらモンスターをサクッと狩って、それを解体したり料理しているだけの配信だものな。

う〜ん、ダンジョン配信者として有名になるのは、下手をしたら探索者として成功するよりも難しい気がする。

「そう言っていただけると少しだけ気が楽になります。リスナーの皆さんもヒゲダルマさんの戦闘がすごすぎて驚いていましたよ」

「実際に自分の目で見ても追えないくらいだったから、カメラ越しならスローで見ないと見えなかったと思うよ」

「まあ、喜んでもらえてよかったよ。とりあえずこれで日本ダンジョン協会からの質問には答えられるところは答えたし、当分の間は大丈夫だろ。また協会の方から何か言ってきたら教えてくれ」

「はい、分かりました」

「さて、これで今回の配信の件は終わりだな。俺もいろいろと楽しめたよ、ありがとうな」

「こちらこそ本当にありがとうね！」

「あ、あの、ヒゲダルマさん。何度もご迷惑を掛けてしまいましたが、またこちらからお誘いしても大丈夫でしょうか？」

「……ああ、そういう約束だったからな。俺もいい気分転換になるし、それに俺の配信チャンネルのリスナーさん達も喜んでくれる。そんなに頻繁には付き合えないかもしれないが、たまにでよければ、また誘ってくれ」

不安そうな顔で俺に尋ねる華奈に答えた。

この数週間はいろいろと面倒なこともあったが、俺としても悪くはない日々だった。

これまでは人と関わりあうことを避けてきたが、この数週間で少しだけ俺の考え方も変わったのかもしれない。

誰かと一緒に過ごして、うまい飯を食べるという楽しさを少しだけ思い出した。ダンジョンに引きこもったばかりの俺だったらとても考えられなかったことだよな。

「ありがとうございます！」

「うん、すぐに誘うからね！」

満面の笑みでそう答える華奈と瑠奈。

正直に言って、大勢に見られている配信というものは堅苦しかったが、今日のところはこの二人のこんな表情が見られたので良しとしよう。

# 幕間《まくあい》　暇人の集まるスレ2

621：それにしても、さっきのダンジョンツインズチャンネルの配信はマジでヤバかった！　あの男の動きが全然見えなかったもんなあ……。

622：完全に人間やめてる動きだったし、あんなの探索者や配信者にとってなんの参考にもならないだろw

623：スロー再生して見たら、確かにあの硬いミノタウロスの首をすべて正確に一撃で斬り落としているぞ……てか、スロー再生しても残像しか残ってないってどんだけ!?

624：これまですごいと思っていた華奈ちゃんと瑠奈ちゃんの動きが急にお遊戯レベルに見えた件について！

625：いや、実際にあの二人もアイドル配信者なのにレベルは相当高いし、こいつの動きがおかしすぎるだけだw

626：下手をしたら、日本でトップレベルの探索者よりも速いんじゃね？

627：ありえそうで困る。マジで五十階層を超えていてもおかしくないんじゃないか？

628：そうだな、さすがにこれは信じてやらんこともない。あとはさっきあの男が話した情報が本当だったら、五割方信じてやるとしよう。

629：全然信じていない件についてｗ

630：さすがにさっきの配信はリアルタイムだったんだから信じてやれよｗ

631：まあ昔は偽情報を流した動画配信や、加工された動画が山ほどあったからな。俺も何度サムネに釣られてしまったことか……。

632：>>631　同志よ！　あのころはタイトルやサムネ詐欺ばっかだったもんな。

633：『ゴブリンに囲まれたアイドル配信者危うし‼』とかいうタイトルの動画があれば、見てしまうのが男というわけで……。

634：>>633　それな‼

635：>>633　分かりみが深い！

636：>>633　激同《はげどう》！

637：>>634-636　おまえら息揃《そろ》いすぎだろｗｗｗ

638：実際にはゴブリンにちょっとだけ防具を壊されて、そのあとはパーティでゴブリンをフルボッコにするだけの動画だもんな。

639：なんだそれ、俺達の純情を返せ！

640：いや、間違いなく純情じゃないだろｗｗｗ

641：純情は置いておいて、冗談なしでトップレベルの探索者の動きだったぞ。よくこんな男が今まで埋もれていたもんだよ。メディアとかでも一切見たことないもんな。

642：とりあえずあの男がいろいろとヤバそうなことはよく分かった。今後配信には出ないとか言っていたけれど、ダンジョン協会がそのまま放っておくわけはないだろうな。

643：まあ、日本ダンジョン協会がダンジョンへの入場許可を出している以上、仕方がないだろう。

644：とはいえ、あの男もどんなに強くてもダンジョンの中だけだしな。外で大金持ちのワイ、勝ち組！

645：黙っとけ、ニート！　この時間にリアルタイムで掲示板へ書き込みをしている時点で暇人なことは間違いない、証明終了！

646：そもそも勝ち組はこんな場末の掲示板なんかには来ないぞ。

647：場末言うなしw

648：そういえば、この男についてはなんて呼ぶかな？

649：確かにあの男やこの男だと分かりにくい。よし、ここに第二百五十六回イケメン男の二つ名を勝手に決めてやる選手権の開催を宣言する！

650：クソ語呂《ごろ》わりい選手権だなw　あとその数字を出すやつは大体パチカスだ。ソースは俺！

651：唐突に始まる謎の選手権！　口臭王子！

652：でも嫌いじゃないぞ。残念イケメン！

653：おまいらイケメンへのヘイト高すぎw

654：ミノタウロスの首を刈りまくっていたから首切り役人？

655：役人ってなんやねんw　どこから来たん⁉

656：デスサイズとか格好いいんだけれど、死神の鎌だからな。

657：二つ名考えると、なぜか厨二《ちゅうに》っぽくなるのすこ！　深淵《しんえん》より来たれる闇を纏《まと》いし者。

658：だが、それがいい！　深紅の魔眼を持ちし殺戮《さつりく》者。

659：よくねえ！　闇とか深紅とかどこから来たんだよｗ

660：少しは寄せようぜ。モンスターに対する死神っていうのはありだな。

661：虹野に対する死神っていう意味もあるしなｗ　似たような感じだと処刑人、断罪者、執行人、斬首人、断頭台辺りか。

662：どれも物騒だけどありだなｗ　断罪者に一票。

663：それだったら斬首人に一票！

# 第三章　譲れないもの

「はっ！」

「えいっ！」

「グギャアア！」

豚型のモンスターであるオークソルジャーが華奈と瑠奈の攻撃を受けて倒れた。

オークと言えば、大型で力が強くて動きが遅いというイメージが強いが、それは低い階層に出てくるオークで、この階層で出てくるオークソルジャーはその上位種だ。

オークに比べて細身であるが、力はオーク並みにありつつ、その速度はオークよりも速い。動きも洗練されており、普通のオークよりもよっぽど面倒な相手だ。

ちなみにさらに深い階層ではオークソルジャーの上位種なんかも出てくる。

「それじゃあ、解体はあとにしてあっちの方にあったセーフエリアへ移動するか」

「はい、ヒゲダルマさん」

「了解、ヒゲさん」

ここは大宮ダンジョンの三十八階層だ。

俺が二人の配信に出てからもう二週間が経過している。

華奈と瑠奈とは週に一、二回こうやって俺の配信に出演してもらいつつ、二人のダンジョン攻略を手伝っている。

俺はすでにこの階層を攻略したからゲートの位置は知っているが、それを教えるのは二人のためにもならないから教えていない。今後のためにも手伝うのは最小限だ。

今日は三十七階層で三十八階層へ進める青いゲートを発見することができ、無事に二人の最高到達階層を更新することができた。

ゲートを通って三十八階層へ移動し、この階層を少し探索したところで何度かモンスターとの戦闘を終え、ちょうど近くにあったセーフエリアへと移動した。


「ふう～やっと解体が終わったよ……」

「瑠奈、ほっぺに血がべったりついているわよ」

「ありがとう、お姉！」

セーフエリアへと移動し、先ほど倒した何体かのモンスターの解体をようやく終えたようだ。

今日も前回と同様に限定配信で配信を行っている。華奈と瑠奈は有名なダンジョン配信者だし、その二人が俺の配信に何度も出演してしまうと間違いなく俺が例の会見に現れた男だとバレてしまう。

それだけならいいのだが、俺がダンジョンの中でずっと暮らしていることまでバレて、ダンジョン法にダンジョンの中に住んではいけないという新しい法律が追加されたら本気で困るからな。

**月面騎士**：やっぱり可愛《かわい》い女の子が映っている配信はええのう～。
**たんたんタヌキの金**：うむ！　今ので寿命が一年は延びたな！
**海ぶどう**：このチャンネルのリスナーはおっさん率が高いよなw
**†通りすがりのキャンパー†**：それは否定しない。しかし、ヒゲダルマも少しは手伝ってやれよな。

俺の方はというと、セーフエリアにテーブルや椅子を用意して、飯の準備をしている。

テーブルの上に置いているデバイスから俺の配信を見ているリスナーさんのコメントが届く。

「俺はアドバイスをするが、基本的に手は貸さない。モンスターと戦うのも、解体作業も二人に任せるぞ」

「はい、大丈夫です」

「うん、自分達のことは自分達でやるよ！」

それに俺も意地悪で戦闘に手を出さなかったり、解体を手伝わなかったりというわけではない。

俺と一緒にいる時は何かあったら助けられるが、それ以外の日は二人で探索をしているわけだからな。俺が手を貸すことによって、それに慣れてしまっては二人が困る。

「ご飯の方はもう少し時間が掛かるから、ちょっとだけ待っていてくれ」

「はい。本当においしそうな匂いですね」

「う、うん。本当にいい匂いだね……」

瑠奈の方はなぜかお腹《なか》を押さえている。

以前に瑠奈のお腹が盛大に鳴ったことが何度かあったな。その対策だろうか。

**WAKABA**：今日のメニューは何かな～？　私も見ているだけでお腹がすいてきちゃった～。

**海ぶどう**：どうせまたとんでもない食材なんだろうな……。大丈夫、もう俺はちょっとしたことじゃ驚かないから！

**たんたんタヌキの金**：完全にフラグになっているぞ、それw

今日は俺が料理を作っている。華奈も手伝いたいと言ってくれたのだが、あっちの解体作業の方もまだ時間が掛かりそうだったから、今日は俺が料理することになった。

さて、また二人にうまい料理を食べさせてやるとしよう！

「うん、本当においしかったよ！　ヒゲさん、ご馳走《ちそう》さま！」

「とってもおいしかったです。本当にご馳走さまでした！」

「気に入ってもらえたならよかったよ。こちらこそ、こっちの配信に出てくれてありがとうな」

**海ぶどう**：くそっ、まさか超高級食材のブラックロック鳥の肉だとは思わなかったぜ……。

**ケチャラー**：フラグ回収おつw　相変わらずバチクソうまそうだったな！

**†通りすがりのキャンパー†**：ふむ、なかなか腕を上げたな。

どうやら今日のブラックロック鳥の肉に二人とも満足してくれたようだ。

今回の肉はいつものステーキではなく、唐揚げにしてみた。

唐揚げはあのサクッとした食感と、中から溢《あふ》れ出るあの肉汁がたまらないんだよな。ちゃんと一度揚げたうえで、もう一度さらに高温で揚げる二度揚げにより作った唐揚げだから、まずいわけがない。

ブラックロック鳥は鶏よりもはるかに旨《うま》みが凝縮された肉で、唐揚げにするとより一層その深い旨みを衣の中に閉じ込めることができるのだ。

「でもヒゲさんの配信に出るのが一週間に一〜二回で本当によかったよ。毎日こんなにおいしいものを食べていたら、絶対に太っちゃうもんね！」

そう言いながらお腹に手を当てる瑠奈だが、肥満とはまったく無縁な細いお腹にしか見えないぞ。

「うう……私もつい食べすぎてしまいました……」

そう言う華奈もお腹に手を当てるが、こちらも肥満とはまったく無縁な細いお腹だ。

とはいえ華奈の方はお腹ではなく、その上の大きなものに栄養が十分すぎるほど与えられている気もする……。

「それで、あれからダンジョン協会の方からは何か言ってきたりしていないか？」

話題を逸《そ》らすように華奈と瑠奈に別のことを聞いてみた。俺が二人の配信に出演してから二週間が経過し、リスナーさん達によると、掲示板なんかはいろいろ騒がしくなってはいるが、ダンジョン協会から俺に対しては特に何の動きもないそうだ。

俺の方にも特にダンジョン協会からの接触はない。まあ、向こうから接触しようと思っても、俺は普段ダンジョンの中に引きこもっているからできないのだがな。

俺の配信チャンネルの連絡先にも特にダンジョン協会から連絡はないから、おそらくこのヒゲダルマチャンネルと俺とは結び付けられていないはずだ。

「はい。あれ以降、私達の方にもダンジョン協会からは特に何も言われていません」

「もしかしたら、今はヒゲさんからもらった情報や素材なんかの確認で忙しいのかもね」

「そうだといいけれどな」

確かに瑠奈の言う通り、前回の二人の配信の際にこの大宮ダンジョンの公式最高到達階層である四十階層以降で出てくるモンスターの素材や情報を渡したのだが、それについていろいろと検証をしているのかもしれない。

ダンジョンはこの大宮ダンジョンだけではなく、他の場所にもかなりの数のダンジョンが存在する。

それぞれのダンジョンの中の構造は異なるが、同じモンスターが出現することも多い。他の攻略が進んでいるダンジョンのモンスターとの情報をすり合わせているのかもしれない。

「預かりました素材の確認は多少進んで、ヒゲダルマさんの言っていることは本当だと認められましたけれど、公式の最高到達階層の更新はされないみたいですね」

「これまでの記録もそのままみたいだね。もしも、登録したい場合にはちゃんと到達階層を更新した時に報告しないと駄目かも」

**ケチャラー**：それを許したら、これまでこのダンジョンで更新してきた探索者や配信者達が怒りそうだもんな。

**月面騎士**：それだけダンジョンの最高階層到達者には名誉や金が集まるってことだよ。

**WAKABA**：ネットニュースのインタビューなんかも受けられるし、配信をしていたら登録者が一気に増えるもんね。

「……最高到達階層を更新する気はないぞ。他の人から恨みを買う気はないし、これ以上目立ってダンジョンに住んでいることがバレたらまずいからな」

今の俺には名誉もお金も必要ない。それよりもダンジョンに住んでいることが知れ渡って、ダンジョン法に規制が入る方がヤバい。

俺は深い階層にいるから、もちろん誰も俺をダンジョンから追い出すことはできないのだが、俺もあえて法律に違反したくはないからな。

**海ぶどう**：時間の問題かもしれないけれどね。今掲示板だと盛り上がって、ヒゲダルマに二つ名まであるぞ。

**月面騎士**：見た見たw　斬首人はピッタリだと思う！

**†通りすがりのキャンパー†**：個人的には首狩り殺戮者もよかったぞ。あとはクビチョンパーもありだったな。

「……どれも物騒な名前だな」

**海ぶどう**：そりゃすべてのミノタウロスの首を一撃だったし。

**たんたんタヌキの金**：前の会見配信で虹野虹弥をある意味処刑していたし、ピッタリだろw

有名な探索者やダンジョン配信者は称号のような二つ名が自然と付いていくものとはいえ、さすがにそんな物騒な二つ名は嫌なんだが……。

「でも二つ名なんて羨《うらや》ましいよね！　僕達もまだないもんね！」

**†通りすがりのキャンパー†**：華奈ちゃんと瑠奈ちゃんに二つ名が付くのも時間の問題だろうな。知名度の方はすでに虹野の件で知れ渡っているから、あとは五十階層を超えれば自然と付くだろう。

**WAKABA**：なんとなく二つ名って五十階層を超えている探索者やダンジョン配信者にしか付かないイメージがあるよね～。

**ケチャラー**：二人ならきっと可憐《かれん》な二つ名が付くんだろうな！

**†通りすがりのキャンパー†**：華の妖精《ようせい》とか瑠璃色《るりいろ》の妖精とかどう？　少なくとも首狩り殺戮《さつりく》者とか物騒な二つ名は付かないだろうなｗ
「よ、妖精なんてちょっと恥ずかしいです」

「うん、僕も妖精なんて柄じゃないかな」

**たんたんタヌキの金**：いや～やっぱり女の子はこういった恥じらいですわ！

**月面騎士**：おい、おっさん。ちょっとは自重しろｗ　でも顔を赤くして恥ずかしがっている華奈ちゃんが可愛いのは同意！

**WAKABA**：もちろん瑠奈ちゃんも妖精みたいに可愛いよ～。

　俺とはえらい違いだな。とはいえ俺もリスナーさんの気持ちは分からなくはないが。

「それじゃあ午後はもう少し三十八階層を探索するか。実はちょうど俺もこの階層で欲しい素材があるから、少しだけ先に付き合ってもらってもいいか？」

「はい、もちろん大丈夫ですよ」

「うん。僕達も付き合ってもらったからね！」

午後はこのまま三十八階層の探索を続ける。華奈と瑠奈の探索の手伝いだが、俺も欲しい素材があったからちょうどいい。

探索ついでにちょっと寄り道させてもらうとしよう。


「さて、俺の欲しい素材はこの奥にあるんだが……大丈夫か、瑠奈？」

「べべ、別に全然大丈夫だよ！」

「……瑠奈、無理はしない方がいいわよ」

ダンジョンの中には草原や森や火山といった自然の階層の他に、まるでゲームのような古代遺跡や宮殿のような人工物の階層なんかも稀《まれ》にだが存在する。

その一つとして、今俺達の目の前にあるのが墓地だ。この三十八階層は湿地帯の階層で、暗い雰囲気の中、所々に沼があって足が取られて少し戦いにくいのが特徴だ。

そんな湿地帯の一角に不気味な雰囲気を醸している西洋風の墓地がある。

俺が欲しい素材はこの墓地の奥にあるのだが……。

「瑠奈、無理はしなくていいからな。すぐに素材を取って来るから、ここでしばらく待っていてくれればいいぞ」

「た、確かにお化けとかはちょっと苦手だけれど、たぶんモンスターなら大丈夫だよ。僕も一緒に行くからね！」

とても威勢は良いのだが、顔は真っ青だし、足も生まれたての小鹿のようにブルブルと震えている。

どう見ても、瑠奈はこのホラーな雰囲気が苦手なようだ。

「……まあ、墓地に見えるけれど、別にお化けとかが出てくるわけじゃないからな。ここに出てくるのはスケルトンやゾンビみたいなモンスターで、普通に物理攻撃で倒せるぞ。ちなみにスケルトンやゾンビと聞くと大したことがなさそうに思えるが、この三十八階層に出てくる他のモンスター並に素早くて力もあるから気を付けろ」

スケルトンやゾンビと聞くと、大して強くなくて数で押してくるイメージが強いかもしれないが、人並み以上のスピードで動き、力もあるから注意が必要だ。

それにスケルトンはともかく、ゾンビは腐っているがかなり人型に近いモンスターだから戦いにくいというのもあるだろう。

「分かりました、気を付けます！」

「わ、分かったよ！」

「…………………」

瑠奈のやつは本当に大丈夫なのだろうか？

**たんたんタヌキの金**：怖がっている瑠奈ちゃんは本当に可愛《かわえ》えのう～。

**月面騎士**：手を繋《つな》いで一緒に歩きたい！

**海ぶどう**：普段の活発な瑠奈ちゃんとのギャップがあるのもポイントが高い！

**WAKABA**：こら、誰にでも怖いものがあるんだよ。私もホラー映画はちょっと苦手かな。モンスターなら大丈夫なんだけれどね〜。

瑠奈が怖がっていると、今日一番コメントが盛り上がっている。

まったく、一体なんのポイントなんだか……。

「それじゃあここからはコメントの通知を切るぞ。また落ち着いたらコメントを見るからな」

腕輪デバイスの設定を変更してコメントの通知をオフにする。三十八階層とはいえ、いつも通り油断をする気はない。


「あわわわ！　あっちへ行け！」

「ちょっと瑠奈！　危ないから剣を振り回さないで！」

「ゲゲゲ！」

骨だけの身体《からだ》に大きな盾とロングソードを身につけたスケルトンが二体、華奈と瑠奈の方に向かっていく。

華奈の方は冷静にそのうちの一体を相手しているが、瑠奈の方はパニックになって持っている短剣を振り回している。

瑠奈の短剣は風属性の効果が付与されているため、短剣を振り回す度に突風が発生してスケルトンが近付けないのだが、その突風が華奈の方にまで吹き荒れて華奈の戦闘の邪魔になっている。

「……さすがにこれは少しだけ危ないか」

一応二人はだいぶ安全を考慮してこの階層に来るまでモンスターを数多く倒してきたから、今でも十分に戦えているようだが、このまま瑠奈がパニック状態だとちょっと危なそうだ。

「ゲゲ……」

瑠奈が戦っていたスケルトンの身体を白牙一文字によって縦に斬り裂いた。

スケルトンやゾンビの場合はいつものように首を斬っても死なない個体がいる。そのため、身体の骨を粉々に粉砕するか、立ち上がれないように斬るのが良い。

現に真っ二つにしたはずのスケルトンはまだ身体が動いている。

「ヒ、ヒゲさん、ありがとう！」

瑠奈は涙目になりながら俺の方に縋《すが》り付いてきた。

まったく、そんなに怖いのなら、素直に待っていてくれればよかったのにな。華奈もゴキブリのことを黙っていたし、性格は全然違う二人だけれど、双子だけあってこういうところは似ているようだ。

とりあえず、もう少しでこの墓地エリアを抜けられるから、さっさとそこまで向かうとしよう。

墓地エリアを抜けて、見晴らしの良い沼地まで進んできた。

「……ここまで来ればもう平気だな。瑠奈、大丈夫そうか？」

「瑠奈、大丈夫？」

ぐったりとしている瑠奈に俺と華奈で声を掛ける。瑠奈は涙目で顔も真っ青になっていた。

「う、うん。お化けとかちょっと苦手で、モンスターなら大丈夫だと思ったんだ……。迷惑を掛けてごめんね、ヒゲさん」
「まあ、苦手なものは仕方がないからな。今のうちに無理だということが分かってよかったと考えよう」
今回は華奈の時とは違って、事前に苦手かもしれないと聞いていたから問題ない。むしろああいったモンスターが苦手だと、ここで分かってよかったかもしれないな。

**ケチャラー**：スケルトンは大丈夫だったが、ゾンビが結構やばかったな……。

**海ぶどう**：やっぱモンスターも見た目が大事だ。二足歩行型のモンスターってだけで倒せない探索者もいるらしいもんね。

「俺もさすがにあいつらは食べてみようとは思わなかったな。スケルトンは骨だけだし、ゾンビは臭いがきついし、あれだけ人の姿に近いと無理だったぞ」

**たんたんタヌキの金**：むしろあいつらを食べるかどうかで考えたことがないんだが……。ゲテモノとかそれ以前の問題だぞ⁉

**†通りすがりのキャンパー†**：毒耐性があるから腹は壊さないとはいえ、モンスターならまずは食べてみるというその考えをどうにかした方がいいと思うんだが……。

「え、え〜と、私もスケルトンやゾンビをそのように見たことはなかったですね……」
「さ、さすがヒゲさんだね！」
俺はダンジョンの公式記録よりも深い階層にまで攻略を進めているため、そこに生息しているモンスターについて既存の情報はない。そのため、食べられるかどうかも全部自分で確認しなければならないわけだ。

毒などの耐性を身につけたつもりだが、それ以上の毒があるかもしれないし、様々な部位を少しずつ検分しながら食べられるかを確認していった。

ダンジョンの中で生きていくため、すべてのモンスターは基本的に食料や素材として見ていたのも否定できない。

**ケチャラー**：それにしても、瑠奈ちゃんがああいうの苦手なのは意外だな。

**月面騎士**：墓地がある階層なんて滅多にないから、ああいったモンスターとも初めて遭遇したっぽいな。

**たんたんタヌキの金**：怖がっている瑠奈ちゃんはとても可愛いから見ていたいけれど、さすがにモンスターと戦っている時はそうも言ってられないぞ……。

確かに瑠奈に苦手なものがあるのはちょっと意外だったが、戦闘に支障をきたすほど苦手なのはまずいな。

帰還ゲートへ戻る時もここは通らなければならないし、どうするか考えておこう。


「……よし、これくらいで大丈夫だ。付き合ってもらって悪かったな」

「いえ、とんでもないです」

「僕達も役に立ててよかったよ」

墓地の奥にあった沼地で二人にも協力してもらい、目的の鉱物を採掘した。この鉱物は耐火性にとても優れているので、後でちょっとしたことに使う予定だ。

「それじゃあ今日はこれくらいにして戻るか」

「はい、分かりました」

「う、うん。そうだね……」

そろそろいい時間だし、今日の探索はここまでにしてゲートへと戻るとしよう。

華奈と瑠奈も結構な数のモンスターを倒すことができて、だいぶ経験値を得ることができただろう。


「瑠奈、帰りもこの墓地を通るけれど大丈夫か？」

「な、なんとか頑張るよ！」

「…………」

先ほどの墓地エリアの前までやってきたのだが、瑠奈はあんまり大丈夫そうじゃないな……。

むしろさっきよりも足が震えていて、ちゃんと歩けるのかすら怪しいところだ。これじゃあ俺が前を先行して進んでも結構な時間が掛かりそうである。

「……仕方がない。嫌だったら言ってくれよ」

「へっ、ちょっ、ヒゲさん⁉」

「やっぱり嫌か？　それじゃあ降ろすぞ」

「だ、大丈夫！　むしろこのままで！」

瑠奈を両腕で抱きかかえた。いわゆるお姫様抱っこというやつだ。

もちろんダンジョンの外だったら瑠奈を抱えて走り回ることなんてできないが、ダンジョン内で身体能力が上昇している今の俺なら、瑠奈くらい余裕で持ち上げることができる。

**月面騎士**：華奈ちゃんに続いて瑠奈ちゃんまでお姫様抱っこだと！　許せん、爆発しろ！

**たんたんタヌキの金**：爆《は》ぜろリア充、滅せよヒゲダルマ！

**WAKABA**：相変わらずヒゲさんはこういうところは男らしいよね～。

……そういえば以前にイレギュラーモンスターを探すため華奈をこうやって抱きかかえたことがあったな。

「怖かったら目を瞑《つぶ》っていてくれ。あとあんまり暴れないでくれよ。モンスターが出てもまともに相手をしないでさっさとここを抜けるぞ」

これくらいのモンスターが相手なら、今の俺なら蹴《け》りだけでも問題なく倒せるだろう。基本的にはモンスターを相手にせずに走り抜けるとしよう。

「華奈も後ろからついてきてくれ」

「……………」

「……華奈？」

「す、すみません。分かりました、離れないように気を付けます！」

華奈がこちらの方をじっと見ている。

やはり目の前で双子の妹が髭《ひげ》モジャの男に抱きかかえられるのはあんまり気分の良いものじゃな

いのかもしれないな。

落ち着いたところでコメント通知をオンにしたままだったから、リスナーさんのコメントがたくさん来ている。通知をオフにして、さっさとこの墓地を抜けるとしよう。


「……ここまで来ればもう大丈夫か」

墓地エリアを抜けて、最初の沼地のエリアまで戻ってきた。

走って墓地を抜けたこともあって、スケルトンに数体遭遇しただけで墓地を抜けることができた。

「ほら、さっさと降りてくれ」

「ええ～せっかくなら帰還ゲートまでお願いしたいかな」

そう言いながら俺の首に手を回してくる瑠奈。

だからもう少し女の子としての自覚を持ってくれというのに……。

「瑠奈、早くヒゲダルマさんから離れなさい！」

「ちぇっ、残念……」

華奈にそう言われて、ようやく瑠奈は俺から離れてくれた。

「ありがとうね、ヒゲさん！　おかげで全然怖くなかったよ！」

「それはよかった。まあこのダンジョンには墓地エリアはそれほどないから安心してくれ」

「その時はまたお姫様抱っこしてほしいかな！」

「ちょっと瑠奈！」

「……さすがに次は勘弁だ」

「ええ～残念……」

そう言いながら、いつものように天真爛漫《てんしんらんまん》に微笑《ほほえ》む瑠奈。とりあえず、さっきみたいに足が震えるのは収まったみたいだ。

しかし、華奈がゴキブリを苦手なのは分からなくもないが、いつも明るい瑠奈がお化けやホラーっぽい雰囲気が苦手とはな。

まあ、誰でも嫌なものはあるということだ。

……さて、問題は墓地から通知をオフにしていたリスナーさんからのコメントだ。なんだか散々に言われてそうで怖いところである。

◆◇◆◇◆

「そういえばヒゲさん、先週の素材は何に使ったの？」

以前三十八階層を探索してから一週間が経《た》った。今日も二人と一緒に三十八階層を探索しているところだ。

……さすがに今日は墓地エリアとは違う場所を探索している。

ダンジョンの階層は深くなるほど広くなっていくので、この辺りまで来ると、それぞれの階層を探索するのに結構な時間が掛かるわけだ。

「ああ、この前手に入れたマカネライト鋼は砕いて耐火コンクリートと混ぜるとかなりの高温に耐えられるようになるんだ。実はパン窯を作っているところなんだ」

「パン窯⁉」

「すごいです！　そんなに大きな物まで自作しているのですね！」

「まあ、耐火レンガとかは店で購入した物なんだが、そうやっていろいろと自作するのも結構面白いぞ」

　ちなみに耐火レンガはいつものように夜桜に調達してもらったのだが、うちの店はダンジョン配信機器を売っているんだとまた怒られた。

　まあ、いつもそうやって怒りつつも、なんだかんだでしっかりと調達してくれるから助かっている。もちろん手数料は多めに渡しているがな。

「へえ〜後で見せてもらってもいい？」

「もちろん構わないが、あんまり大したものでもないぞ」

「全然構わないよ！　僕もそういう物を作ったりするのは好きなんだ！」

「瑠奈は昔からそういうのが好きなんですよね。児童養護施設でも色んな物を作っていました」

「そうなのか。それじゃあ後でぜひ見てくれ。もう少しで完成するし、せっかくなら今日はパン窯でピザを作ってみるか？」

「えっ、パン窯でピザが焼けるの⁉」

「ああ、焼けるぞ」

ピザは薪《まき》を燃やしながら直火と放射熱を利用して焼くのに対して、パンは窯の温度を上げた後で燃えた薪を取り除き、余熱のみで時間を掛けて焼く。

そのため、余熱を逃さないために窯を密閉する扉がないピザ窯でパンを焼くことはできないが、パン窯でピザを焼くことは可能なのである。まあ厳密に言えば、他にも違いはあるのだが、個人で使用するレベルの窯なら問題ない。

パンだと生地の発酵にかなりの時間が必要だから、それはまた今度だな。

「ピザは自分で作ったことがないので楽しみです！」

「僕はパン窯を作るのを手伝いたいな！」

ふむ、少し遅くなりそうだが、今日の昼食はピザで決まりだな。


「すごっ！　思ったよりも大きい窯なんだね！」

「パンやピザだけじゃなくていろいろな物を焼けるように大きめに作ったんだ。ローストドラゴンを作る時にも使いたいからな」

いつも通り三十三階層にある誰も来ないセーフエリアへとやってきて、作りかけのパン窯をマジックポーチから取り出した。

大きくてもこうやってマジックポーチがあれば、持ち運びも容易なのはありがたい。

「ローストドラゴンですか。そちらもおいしそうですね！」

「ああ。さすがにそっちは調理に時間が掛かりそうだから、時間のある時に作って持ってくるとするよ」

「す、すみません！　催促したつもりではないのですが……」

「気にするな。どうせ俺一人でも作っていただろうからな。それじゃあ悪いけれど、華奈はピザの生地と上に載せる野菜や肉の準備をしてもらってもいいか？」

「はい、任せてください」

「瑠奈はこっちで俺と一緒にパン窯の組み立てを頼む」

「うん、任せて！」


「……しかし器用なものだな」

「えへへ～こういうのは昔から得意なんだ！」

ピザの準備は華奈にお願いして、俺と瑠奈はパン窯の方だ。

俺が耐火レンガにコンクリートを塗って瑠奈へ渡し、それを瑠奈が蒲鉾《かまぼこ》状の窯へと組み上げていく。

八割方は俺がすでに組み立てていたのだが、それよりも瑠奈が組み立てている方がムラがなくきっちりとした形に仕上がっている。

「普段も何か作ったりしているのか？」

「うん、家でも簡単な家具とかを自分で作っているよ」

「へえ～女の子でＤＩＹみたいなことをしているのは珍しいな」

「えっとね、僕達がお世話になっていた児童養護施設は本当にお金がなかったんだ。椅子とかも工事現場とかでもらった端材とかを使って自分達で作っていたんだよ」

「……そうか、いろいろと大変だったんだな」

思ったよりも重い理由からだった。

児童養護施設だと国の支援とかで賄われていると思ってたが、場所によってはかなり厳しいのか。

「あはは、今はもう平気だから気にしなくて大丈夫だよ。それにお金はあんまりなかったけれど、先生達はすごく良い人達だったんだ」

瑠奈は手を動かしつつも、笑いながらそう言う。

「僕とお姉が入ったのは中学生のころで、僕達よりも年上の子供がいなかったから、下の子達のお世話を僕達も手伝っていたんだ。お姉は先生達と一緒にみんなのご飯を作ったりして、その間は僕が下の子達と遊んでいることが多かったかな」

「なるほど、適材適所だな。もちろん良い意味でだぞ」

華奈が料理の手伝いをしつつ、瑠奈が子供達の世話をしている姿が頭に思い浮かぶ。二人がダンジョン配信者をやりながら、これだけまっすぐな性格なのはそういった経験も関係があるのかもしれない。

その児童養護施設でお世話になったから、自分達で稼いだお金を寄付しているのだろう。

「こうして知り合ったのも何かの縁だし、俺も少し寄付に協力させてもらうかな」

今の俺はお金を持っていても使い道がないし、そういう理由ならぜひ協力させてもらうとしよう。

「ううん、それは大丈夫。ヒゲさんのおかげで、今は僕達も寄付できるお金がすごく増えたからね。それに小さいころからあんまり与えすぎるのもよくないんだよ」

「な、なるほど……」

どうやら寄付をしすぎるのも逆にあまりよくないようだ。さすがにその辺りは瑠奈の方が詳しいに違いない。

う～ん、なかなか難しいものなんだな。


「これで完成ですか、すごいですね！」

無事に大きくて立派なパン窯が完成した。

普通のレンガで作った窯は二百度近くまでしか耐えられないが、この窯は耐火レンガを使用しているので、千三百度近くまで耐えることができる。

さらにマカネライト鋼を混ぜ込んだ耐火コンクリートで窯の内部をコーティングしているので、二千度近くまで耐えることが可能なはずだ。

……まあ、ピザは数百度くらいの温度だし、それほど高温で焼く予定の物はまだないけれどな。

「瑠奈のおかげで立派な物が出来上がった。華奈の方もすごいな、一人でこれ全部作ってくれたのか」

「はい、頑張りました」

テーブルの上にはすでに焼く前のピザが出来上がっていた。

小麦粉を練ったピザ生地を発酵させている間にトマトソースを作ったり、材料を切って、それを生地に載せてある。普段から料理をしているだけあって、だいぶ手際が良いな。

**†通りすがりのキャンパー†**：おお~ちゃんとピザになっているな！

**海ぶどう**：自作のピザか。これはもう焼く前から絶対にうまいやつ！

**たんたんタヌキの金**：パン窯もうまくできているみたいだ。時間を掛けて作った甲斐《かい》があるな。

**XYZ**：瑠奈ちゃんは意外に器用だな。一番手前の部分だけ綺麗《きれい》に見えるぞ。

「……パン窯に見た目は関係ないからいいんだよ」

確かにこうして見ると瑠奈が作った部分だけ分かりやすく綺麗だ。

まあ、窯の内部が高温で熱せられれば、外見なんて関係ないのである。

**月面騎士**：言い訳乙！

**WAKABA**：ヒゲダルマさんも不器用という訳じゃないんだけれど、瑠奈ちゃんの方が器用だね~。

**†通りすがりのキャンパー†**：ヒゲダルマは料理もそうだが、少し大雑把なところがあるもんなw

「えへへ、やったね！」

瑠奈が俺のドローンに向けてVサインを見せる。

……今度何かを作る時にはもう少し丁寧に作るとするか。

「さて、早速ピザを焼いていこう。まずは窯の内部を四、五百度近くまで上げるか」

本来ならばパン窯に薪をくべて火を付けてしばらくの間加熱するのだが、今日は省略してこのマジックアイテムを使用する。

このマジックアイテムはライターのような形をしているが、火炎放射器並みの火力を出すことが可能だ。ついでにコーティングした耐火コンクリートも熱することで完全にパン窯にくっつくはずだ。

「す、すごいマジックアイテムですね……」

「火が弱点のモンスターなら、これだけで倒せちゃいそうだね……」

確かに人には絶対に向けられないな。

それにこれを使えば弱いモンスターなら倒せそうだが、真っ黒こげになって食べられなくなってしまいそうだ。

「よし、これくらいだな。さて、それじゃあ自作したピザピールへピザ生地を載せてと……」

窯の内部が十分に熱されたら、ピザピールを使用して窯の中へトマトソースと具がたっぷり載ったピザ生地を投入する。

ちなみにピザを焼く時によく見掛ける先が平らになった、大きなヘラのような道具をピザピールと呼ぶ。こいつはパン窯とは違って簡単にできたな。

「焦げないように少しずつ回転させながら、全体に火を通してと……よし、これくらいでどうだ？」

ピザピールを使いながらうまくピザを焼いていき、七、八分経ったら窯から取り出す。

「うわあ～とってもいい香りだね！」

「ええ、それに良い焼き具合だと思います」

初めてピザを焼いた割に、焦がすことなく良い塩梅《あんばい》だ。

**月面騎士：**うおお～焼き立てのピザってこんなにうまそうなんだな！

**†通りすがりのキャンパー†：**映像越しでもこれほどうまそうな様子が伝わってくるとはやるな……。

宅配ピザとは比較にならないほどうまそうだ！

自作したピザカッターを使って、焼き上げたピザを四等分に切り分ける。華奈が気を遣ってくれて、あまり焦げないよう市販のピザよりも小さめに作ってくれたおかげで、四等分がちょうどいいくらいだ。

「それじゃあさっそく食べてみよう。いただきます」

「「いただきます！」」

アツアツのピザを持ち上げる。

そうそう、ピザはこの溶けたチーズがたまらないんだよな！

「……うん、これはいける！　トマトソースとチーズ、バジル、ベーコンそれぞれの味が濃厚で、それがすべて一体となっている。焼き立てのピザは初めて食べるが、これは想像以上にうまいな！」

「はい！　生地の外側はパリッとしていて、中はもっちりとしています。その生地にトマトソースとチーズとこちらのベーコンが本当に合っていておいしいですね！」

「うん！　焼き立てのピザって本当においしいんだね！　それにこれは素材がどれもとってもおいしいよ！　このお肉なんて店で売っているベーコンとは比べ物にならないほどおいしいね！」

今回のピザの素材の半分くらいは自家製の物だ。小麦とチーズは市販の物を使ったが、いずれは全部自分で作ってみたいものである。

米や小麦はダンジョン内で育ててみたいところだが、その辺りは時間が掛かりそうだ。

それにさすがにダンジョンのセーフエリア内で牧畜をするわけにもいかないから、自家製のチーズなんかは難しいかもしれない……。

とはいえ、このピザに使用しているトマトやバジル、ベーコンなどは俺が作った物だから、華奈と瑠奈に褒められて少し嬉《うれ》しかったりもする。特にベーコンはグレイトボアの肉を塩漬けしてから燻製《くんせい》した自信作だ。

まあ、窯で焼き立てというブーストがだいぶ効いている気もするけれどな。

「シンプルなピザもうまいが、次は別のピザも焼いてみよう。まさか三種類も作ってくれるとはな。華奈は本当に料理が得意なんだな」

「ありがとうございます！　最近はすぐにレシピも調べられますから」

今食べたピザはトマトソースの上にベーコンとバジルとチーズを載せただけのシンプルなピザだが、華奈は他にも照り焼きチキンピザとジャーマンポテトピザの合計三種類を作ってくれた。

材料はこっちで用意していたとはいえ、あれだけの短時間でよく三種類も作ってくれたものだよ。

残りの二種類もいただくとしよう。

「いやあ～どのピザもうまい。特にこっちの照り焼きチキンピザが好みだな。トマトソースもうまいが、この照り焼きソースとマヨネーズの掛かった味付けが最高だぞ」

「ありがとうございます。こちらのお肉が鶏《とり》の肉とは思えないくらい味が濃厚でしたので、少し味付けを濃いめにしてみて正解のようでした」

「すごいね、この辺りの階層で出てくるコカトリスも鶏肉よりおいしいけれど、このお肉はそれよりも上だよ！　ヒゲさん、これってなんのお肉？」

「ああ、こいつはコカトリスの上位種のブラックコカトリスだ。確かに味はコカトリスに似ているが、その肉質はこいつの方がさらに上だ」

「コ、コカトリスに上位種なんていたんですね……」

「ああ。もっと深い階層に生息しているぞ。こいつの卵もかなりうまいんだが、ブラックコカトリスの巣はほとんど見つからないくらい希少なんだ」

コカトリスのように決まった場所に巣を作る習性がないから、そう気軽に狩りへ行けないのが欠点だな。

**海ぶどう**：相変わらず食材が異次元すぎるｗｗｗ
**たんたんタヌキの金**：石化耐性を持っていても危なかったからな。慌てて石化耐性を鍛え直したのはいい思い出だ。

**月面騎士**：最初に遭遇した時は笑い話じゃなかったけれどな……。

「僕はこっちのジャーマンポテトピザが一番だね！　ヒゲさんが育てたジャガイモは本当においしいよ！」

「それはよかった。確かにホクホクとしたジャガイモにベーコンとチーズのバランスが絶妙だったな。高温で一気に焼き上げてさっくりとした生地とこれまたよく合うよ」

**XYZ**：マジックポーチで収穫したばかりの野菜をいつでも食べられるっていうのが羨《うらや》ましい！

マジックポーチはもっと安くて大きな容量の物が普及してくれるとありがたいんだが……。

**WAKABA**：少ししか入らないけれど高いもんね……。私も選べるならこのピザを一番食べてみたいな～。

**たんたんタヌキの金**：華奈ちゃんが作ってくれたという事実が一番のおいしさの秘密だよ（キリッ）！

**†通りすがりのキャンパー†**：おいおっさんｗ　でも本当に食べてみたいのは分かる！

リスナーさん達もとても羨ましそうに見てくれているようだ。

ここまでのパン窯を作るのは素材集めも含めてなかなか大変だったが、その甲斐もあったな。今度はパン窯らしくパンを焼いてみるとしよう。

**たんたんタヌキの金**：さて、ちょっと早いけれど俺は落ちるな。何せ今日オープンの六本木《ろっぽんぎ》モールの入場抽選に当たったたんだぜ！

焼き立てのピザを三人で食べていると、タヌ金さんがそんなことを言い始める。

「うわ～羨ましいな！」

「すごいですね！　確か相当高い倍率だったはずですよ！」

**たんたんタヌキの金**：いやあ～俺もまさか本当に当たるとは思っていなかったよ！　マジで楽しみ

だぜ。理想を言えば華奈ちゃんと瑠奈ちゃんと一緒にデートしたかったなあ！

**XYZ**：おいこら、おっさん。通報するぞ！

**WAKABA**：タヌ金さんは相変わらずだね～。でも六本木モールのオープンに行けるなんて、本当に羨ましいなあ～。

「……その六本木モールっていうのはそんなにすごいのか？」

「「…………」」

**†通りすがりのキャンパー†**：まあ、当然こいつはこういう反応だよな……。

**海ぶどう**：うん、短い付き合いだけれど、ヒゲダルマがこういうやつなのはもう知ってる。……いや、ダンジョンの外の話なんて俺が知るわけないじゃん。

**たんたんタヌキの金**：六本木モールは今日新しくオープンする巨大な複合商業施設で、国内の人気ブランド店や飲食店がいくつも入っているんだ。もちろんダンジョンのマジックアイテムや武器や防具の有名店も入るんだぞ！　俺はダンジョンには入らないけれど、見ている分には十分楽しめるからな。おっとヒゲダルマなんかに説明している時間がもったいない、お先！

**月面騎士**：おつ～。

**海ぶどう**：乙！　さりげなく、ヒゲダルマをディスりつつもしっかりと説明していくスタイルw

なるほど、新しく大きな商業施設がオープンするということか。

だが俺には関係のない話だ。ブランド店や飲食店なんかはともかく、ダンジョン関係のショップもこのダンジョンにこもり始めたころには多少世話になったが、今は夜桜の店しか行っていない。

もはや、店で購入する武器や防具よりも自作した物の方が強いからな。それに夜桜の店でもダンジョン関係の商品は買わずに、米や調味料や日用品しか購入していないし。

「ふう～ご馳走《ちそう》さま。さて、こちらもそろそろお開きにするかな。食器とかはマジックポーチに入れて持って帰るからそのままでいいぞ」

「いえ、これほどおいしいピザをご馳走になりましたし、片付けは私達がやりますよ」

「みんなで一緒に片付けた方が早いよ、ヒゲさん！」

「悪いな、それじゃあみんなでやるか」

**ＸＹＺ**：かあ～相変わらず見せ付けてくれるぜ……。

**月面騎士**：ヒゲダルマだけ爆発すればいいのに……。

華奈が作ってくれたピザはどれも本当においしかったし、瑠奈に手伝ってもらってパン窯も完成した。今度はパン生地を作って焼き立てのパンを食べさせられるよう準備しておくとしよう。

さて、後片付けもさっさと終わらせるとするか。

**たんたんタヌキの金**：ヒゲダルマ、助けて！

「んっ、タヌ金さん？」

二人と一緒に食器を洗って片付けをして、そろそろ解散しようかというところで、リスナーのタヌ金さんからコメントが入る。

少し前に配信から落ちて、六本木モールとやらへ行ったはずのタヌ金さんがなぜかまたこの配信を視聴していた。先ほどまで接続数が五だったのが六に増えている。

もう家に帰ってきたのだろうか。

いや、いくら何でも早すぎるか。それに助けてとはどういうことだ？

「タヌ金さん、何かあったのか？」

「……あれっ、またいなくなっちゃったよ」

瑠奈の言う通り、先ほど一度増えた接続数が一減って、また五に戻っている。

この配信チャンネルに一瞬だけ接続してから一つコメントを残して、また落ちてしまったらしい。

**月面騎士**：あれ、今は六本木モールでお楽しみじゃないのか？

**†通りすがりのキャンパー†**：お～い。あっ、駄目だ、また落ちたみたいだ。

「タヌ金さん、どうしました？」

「お～い、タヌ金さん？」

リスナーさんや華奈と瑠奈が声を掛けるが、すでに落ちているタヌ金さんにはもう届いていないみたいだ。

**海ぶどう**：もしかして釣りとかかな？

「いや、タヌ金さんはしょっちゅう冗談を言ったり、おっさんっぽいことは言うけれど、釣りとかふざけて人の心配を煽《あお》ったりはしたことがないな」

**海ぶどう**：そうなのか。すまん、今のは忘れてくれ！

俺の配信チャンネルに登録したばかりの海ぶどうさんはまだ他のリスナーさんのことを詳しく知らないもんな。

まあ、これについてはタヌ金さんの普段の言動がアレだから、仕方のないことかもしれない。

ちなみにタヌ金さんも割と初期の段階で俺の配信チャンネルの登録者になってコメントをくれていたリスナーさんだ。

今この限定配信に招待しているリスナーさんの中だと、キャンパーさん、ＷＡＫＡＢＡさん、タヌ金さんが最初期のころから登録してくれて、ＸＹＺさんと月面騎士さんとケチャラーさんがそれからしばらくした後、海ぶどうさんがつい最近という順番になる。

チャンネル登録してコメントをくれるリスナーさん自体の数が少ないから、一人一人ちゃんと覚えているぞ。

「でも助けてってどういうことだろうね？」

「もしかして、六本木モールで何かあったのでしょうか？」

「いや、さすがにダンジョンの外で助けてと言われても、何をどう助ければいいんだ？」

六本木モールで道にでも迷ったのだろうか？

あるいは財布でも落としたのか？

少なくとも今の俺が力になれることはないと思うのだが。

**海ぶどう**：ちょっ！　ヒゲダルマ、ニュース見て！　六本木モールの最新ニュースで検索すればすぐに出る！

WAKABA：なにこれ、大変！

XYZ：おいおい、マジかよ……。

「ニュース？」

リスナーさん達からコメントが入る。

「えっ、嘘《うそ》⁉」

「もしかして、これに巻き込まれちゃったの⁉」

華奈と瑠奈はリスナーさんが言っているニュースを見たらしい。

というか、二人ともデバイスの操作がめちゃくちゃ速いな。俺はまだまともに開けていないのだが……。

ええ～っと、六本木モール、六本木モールと。おっと、最新のニュースの中に六本木モールのニュースがあるぞ。

最新のニュース一覧の一番上の項目の中に六本木モールの文字が見えた。そしてそこには次のような見出しが書かれていた。

『本日オープンした六本木モールにて立てこもり事件発生！　犯人は数十名の人質を取り、危険な武器を所持！　付近にいる人は避難するよう勧告！』

「六本木モールで立てこもり事件……」

嘘だろ……まさか……。

「数十名の人質って書いてあるよ！　もしかしてこれに巻き込まれちゃったんじゃない⁉」

「大変っ⁉」

「……っ⁉」

六本木モールへ行くと言っていたタヌ金さんからのSOS……確かに瑠奈の言う通り、嫌な予感しかしない……。

**†通りすがりのキャンパー†**：どうやらその可能性が高いな。こちらで調べた情報によると、立てこもり事件が起きたのは六本木モールの一階にある、探索者や配信者のための店であるD&Lだ。確かタヌ金はダンジョンの店も見て回ると言っていたはずだ。

**月面騎士**：相変わらずキャンパーさんはどこからそういう情報を調べてくるんだろうな……いや、今はそんなことはどうでもいい！

**海ぶどう**：マジかよ、あのD&Lで立てこもり事件とかヤバくね⁉

「……確かD&Lは有名なダンジョン探索者のための店だよな？」

D&L——ダンジョンアンドラブ、略してD&Lという店は、外のことについてあまり詳しくない俺でも知っているくらいの有名店である。俺がダンジョンにこもり始めたころから探索者に向けてマジックアイテムや武器や防具なんかを販売している店のはずだ。

「D&Lは数ある探索者や配信者向けのお店の中でもかなりの高級店ですね」

「うん、初めて探索をしたり、配信をしたりする人だと簡単に買えないような商品ばかりだよ」

そう、確か俺がダンジョンでがむしゃらに攻略を進めていたころ、その店には何回か世話になったはずだ。当時から有名な店だったが、今でもかなりの有名な店らしい。

大宮ダンジョンのビルの中にもD&Lのお店が入っている。もちろんその店の大きさは個人でやっている夜桜の店なんかとは比べ物にならないほど大きい。

**WAKABA**：そんなお店で立てこもり事件が起きるなんて、本当に大変！

**月面騎士**：そういう高級店こそ、セキュリティの方は普通の店以上にしっかりしているはずなんだけどな。

**XYZ**：しかも六本木モールのオープンの日だから、通常以上の警備体制だったはずなのに何が起きたんだろう……。

「キャンパーさん、すまないけれどその六本木モールの情報を集めてくれないか。その店の店内図なんかもあればとても助かる」

**†通りすがりのキャンパー†**：了解だ、少し待て。調べた情報はいつも通りヒゲダルマの連絡先に送っておくぞ。

「いつも本当にありがとう。できればこれまでの借りを含めて全部返したいところなんだけれどなあ……」

前回の会見の時もそうだが、キャンパーさんやリスナーさん達にはお世話になりっぱなしだ。それこそこの配信を始めてから、俺はみんなのアドバイスによって何度も命を救われてきた。

「ちょっ、ちょっと、ヒゲさん！　もしかして六本木モールに行くつもり!?」

「無茶です！　私達はダンジョンの中では超人的な力を得ることができますが、ダンジョンの外では普通の人と同じなんですよ！」

**海ぶどう：**ダンジョン内では無敵でも、ダンジョンの外だとただのおっさんのヒゲダルマじゃ無理だろ！　大人しく警察やダンジョン防衛隊に任せておけって！

**月面騎士：**さすがにここは専門家に任せておいた方がいいんじゃないか……。

「…………」

瑠奈や華奈、それにリスナーさん達の言うこともよく分かる。みんなの言う通り、このダンジョンの中でこれまで多くのモンスターを倒すことによって得た俺の超人的な力はダンジョンの外では一切なくなってしまう。

だが、たとえ相手が凶悪な犯罪者であったとしても、勝算はある。

「俺はタヌ金さんを助けに行く」

ダンジョンがこの世界に現れたことにより、凶悪犯罪が増加した。

それによって警察やダンジョン防衛隊が返り討ちにあったり、人質の命が奪われるケースも増加している。悪いが警察やダンジョン防衛隊だけに任せるのは不安が残る。

そして何より、タヌ金さんは俺に助けを求めてきた。

ずっとダンジョンの中に引きこもってひたすらモンスターを倒し、セーフエリアで睡眠をとっていた孤独の中で俺にコメントをしてくれたリスナーさん達。

これまでに何度も何度もタヌ金さんやみんなのアドバイスによって命を救われてきた。俺は自分の命がなによりも大切だが、その命はリスナーさんに救ってもらった命だ。

だからこそ、たとえそこにどれだけの危険があろうとも、俺は俺の命を懸けてその恩を返す！

「二人とも、悪いが今日の配信はここまでだ」

急いでダンジョンのゲートから外へ出て、六本木モールへ向かわなければならない。

「……分かりました。ヒゲダルマさんには譲れないものがあるんですね」

「分かったよ、ヒゲさん。でも、僕達も一緒に行くからね！」

「一緒に行きます。私達もリスナーの皆さんにはたくさん助けていただきましたから！」

華奈と瑠奈が二人で目配せしながらそんなことを言う。だが――

「いや、二人は来なくていい。はっきり言って、俺一人の方が動きやすいからな」

「ヒゲさん……」

「ヒゲダルマさん……」

俺は二人を連れていく気はこれっぽっちもない。これは俺とリスナーさん達の問題だ。二人を巻き込むわけにはいかない。

**†通りすがりのキャンパー†**：格好付けているところ悪いが、ヒゲダルマ一人で六本木モールへ辿《たど》り着《つ》けるとでも思っているのか？

「うっ……」

テーブルに置いてあったデバイスからキャンパーさんのコメントが表示される。

**海ぶどう**：無理無理無理無理！　六本木だぞ、前回の会見会場まで迷いまくってたヒゲダルマに辿り着けるわけないじゃん！

**月面騎士**：あの辺りは本当にごちゃごちゃしているからな。絶対にヒゲダルマ一人じゃ迷子になるだろ！

**XYZ**：不可能！　インポッシブル！

**WAKABA**：絶対に二人と一緒の方がいいよ！　六本木だと電車も乗り換えるんだよ～。

**†通りすがりのキャンパー†**：今回は遅刻したじゃすまされないからな！　少なくとも六本木モールまでは二人を連れていけ。むしろ二人に連れていってもらえ！

「…………」

　まさかのリスナーさん全員からの総ダメ出しである……。

　俺は子供か！　と反論したいところだが、俺には前科がある。

　そして六本木には行ったことがないが、どうやら俺の想像以上に複雑な場所らしい。

　確かに一人で迷わず到着できる自信はない。そして迷っている時間もないか……。

「……華奈、瑠奈、すまないが俺と一緒に来てくれないか？」

「はい、もちろんです！」

「うん、もちろんだよ！」

**WAKABA**：二人ともヒゲダルマさんをお願いね！

**海ぶどう**：しかし、こんなに可愛い華奈ちゃんと瑠奈ちゃんの時は頼まれても助けようとしなかったのに、見ず知らずのおっさんのリスナーは危険を冒してでも助けに行くんだな……。

**†通りすがりのキャンパー†**：まあ、こういうところもヒゲダルマらしいな。

　急いで二人と一緒にダンジョンを駆け抜け、ゲートへと移動する。

リスナーさん達から今のままの格好で現場へ行くのは問題があると言われたので、移動しながら髭《ひげ》を剃《そ》って、戦闘用スーツの上に着ていた防具を一旦外して、白牙一文字をしまう。

華奈と瑠奈もかなりの有名人なので、俺と一緒にマスクと帽子をかぶって変装をしている。

俺達がゲートへ移動する間にリスナーさん達が六本木モールまでの最短の道筋を調べてくれ、キャンパーさんが店の詳しい情報を集めてくれていた。

そしてタヌ金さんからの連絡は依然として途絶えたままだ。やはりタヌ金さんの身に何かが起こったことは間違いないらしい。

◆◇◆◇◆

「くそったれが！」

「ひっ……」

「大丈夫、きっと大丈夫だから！」

弟は泣きながら怯《おび》えて震えていた。気付けば私の身体も震えている。

「おい、話がちげえじゃねえか！　何がバレずに大金を手に入れることができるだよ！　すでにこの店の周りには警察やダンジョン防衛隊が集まってきてるぞ！」

「うるせえ、黙っていろ！　ちくしょう、こんなはずじゃなかったんだ……」

その男の視線の先ではこのお店の警備員さんが拘束されている。そして肩からはたくさんの血が今も流れている。

他の拘束された店員さん達もあちこちに怪我《けが》を負っていて、早く救急車を呼んであげたいけれど、それをあの男達が許さない。

犯人達の会話によると、このお店の店員として長い間潜入していたリーダーの男が他の仲間達と共謀して、ここにある高価なマジックアイテムや武器や防具を盗み出そうとしたのだが、それがバレて現在立てこもっているらしい。

「ちっ、警察やダンジョン防衛隊どもの動きも速《はえ》えな……。たったあれだけの時間で、もう包囲されちまった。今は客を人質に取っているから踏み込んで来ねえが、これからどうすんだよ？」

「今それを考えてんだよ！　いいからてめえらもない頭を働かせやがれ！」

「んだと！　誰のせいでこうなったと思ってんだよ！」

剣を持ったリーダーの男とその仲間達が険悪なムードで喧嘩《けんか》をしている。私達の他に店にいたお客さんは全部で二十人くらい。全員がお店の真ん中に集められて座らされている。

今日は弟と二人でこのお店に来ている。私が弟を守らないと！

「こうなりゃ人質どもを盾に逃げるしかねえか。幸いこの店にあるマジックアイテムや武器なんかはとんでもねえ性能の物ばかりだからな。こいつを使えば、警察やダンジョン防衛隊であろうと俺らを止めることはできやしねえよ」

「ここで捕まっちまったら、どうせ人生終わりだ。それならいっちょやってやるか！」

「おい、外の様子はどうだ？」

「……警察やダンジョン防衛隊がこの六本木モールを取り囲んでいるな。特に正面は装甲車が道を塞《ふさ》いでいるぜ」

「ふっ、ちょうどいい。おい、お前ら全員よく見ておけよ！」

リーダーの男がシャッターの一部を少しだけ開いた。

「すでにこの辺り一帯は完全に包囲されている！　大人しく人質を解放して投降するんだ！」

シャッターを少し開けたことにより、外にいたダンジョン防衛隊の人達が立てこもり犯に拡声器を使って大きな声を掛けた。

「へっ、誰が投降なんてするかってんだ！　てめえらにもこの剣の力を見せてやるよ！」

リーダーの男が赤い剣を構えると、その刀身がさらに赤く光り輝き始め、剣の周囲に燃え上がった炎が纏《まと》いつく。

「くらえやあああああ！」

「……っ!?　総員、退避！」

その瞬間、リーダーの男が持つ剣から真っ赤な炎が渦を巻きながら装甲車へと襲い掛かった。

「へへ、こいつは火属性の魔石が付いたこの店で一番高《たけ》え剣だ！　これがこの剣の力だぜ！」

「「おおお～！」」

男の仲間達から歓声が上がる。

私が恐る恐る目を開けると、そこには真っ黒に焦げてしまった装甲車の残骸《ざんがい》が残っていただけだった。

「きゃああ！」

「うわっ！」

ダダダダッと銃声が店内に響き渡り、周りの人から悲鳴が上がる。このお店の開いたシャッターの隙間から、警察やダンジョン防衛隊の発砲が浴びせられた。

だけど、その銃弾はいつの間にかリーダーの男の目の前に現れた半透明の壁のようなものに阻まれた。

「おっと、あいつら、人質がいるのに撃ってきやがったか。だが、このマジックシールドさえありゃあ、銃弾ごときの攻撃は通さねえぜ」

マジックシールド――聞いたことがある。

最近あるダンジョンの最前線の宝箱から発見された希少なマジックアイテムだ。首飾りの形をしたあのマジックアイテムは身につけている者への攻撃を遮断するシールドを発生させることができる。

「おおっ、すげーよ、リーダー！」

「マジかよ、あんだけ頑丈そうな装甲車が真っ黒こげだぜ！」

「はっはっは、この剣やマジックシールドほどじゃねえが、他にもやべえ武器やマジックアイテムがいくつもある。魔石の力には回数制限があるが、これであいつらもそう簡単には手を出せなくなっただろ！　たとえダンジョンの外であろうと、誰も俺達を止めることはできねえぜ！」

「装甲車も遠距離から一撃かよ！　これであいつらも怖くねえし、腹はくくったぜ、リーダー！」

装甲車をたったの一振りで破壊するほどの一撃を見て、他の仲間達が歓声を上げた。

「そうと決まったら、さっさとここから逃げ出すぜ。この店にある物をすべてマジックポーチに詰めこめ！　おい、おまえは人質を盾にしながら、外にいるやつらに車を用意させろ。さっき装甲車をぶっ潰《つぶ》してこちらの力を見せたからな、こっちの要求は簡単に通るだろうぜ」

男達の一人が人質にする女性を一人選んで、その女性を盾にしながら再びシャッターを開けて、外の人達と交渉をしている。

「リーダー、すぐに車を用意するってよ！　へへっ、やつらめちゃくちゃビビッていたぜ！」

「そりゃあれだけの力を見せればそうなるだろうよ。ただ噂《うわさ》でしか聞いたことはないが、ダンジョンのマジックアイテムや深い階層の魔石を使った武器で武装した特殊部隊なんかもあるらしい。本当にそんなのがいるのかは知らねえが、そんなやつらが来たら厄介だ。とっととこの場から逃げるぞ！」

「了解だ、リーダー！」

「よし、それじゃあこの中から一緒に連れていく人質を選べ。そうだな、三〜四人でいい」

「ああ、分かったぜ！」

金髪の男が人質である私達の方へゆっくりと近付いてきた。

「へへっ、どいつにしようかなっと」

「「「…………」」」

金髪の大柄な男がニヤニヤとした表情で、人質である私達をまるで品定めしているかのような目で見てくる。

「おい、人質として一緒に連れていくんだから、運びやすいガキや女を優先して選んでおけよ」

「なるほど、さすがリーダーだぜ！　それじゃあ、そっちの女とそこの女こっちに来い」

男が人質の中で若い女性の二人を選んだ。

「頼む、彼女はやめてくれ！　代わりに俺が人質になる！」

「良男《よしお》さん！」

「ああん？」

選ばれた女性の一人と一緒にいた男性が立ち上がり、金髪の男の前に女性をかばうように立ちふさがる。

よく見るとその男性の足はガクガクと震えていた。金髪の男はまるでプロレスラーみたいにがっしりとした体格をしていて、対する男性の方は細身で身長もそれほど高くはない。それでも、男性は勇敢に前に出て女性をかばっている。

「ぐわっ⁉」

立てこもり犯が拳《こぶし》を振るい、男性が大きく吹き飛ばされ、女性の悲鳴が店内に響き渡った。

「雑魚が格好付けてしゃしゃり出てきてんじゃねえよ！　野郎はいらねえつってんだろうが！」

「ぐっ、がは……！」

「お願い、もうやめて！　分かったから！　私が行くから！」

金髪の男が男性へ馬乗りになって、容赦なく何度も拳を振るった。

「はっ、生意気に俺達へ逆らうからだぜ！」

周りにいるリーダーの男も他の男達もニヤニヤと笑いながらそれを見ているだけだった。

「あと一人か二人だな。……ったく、ダンジョンの店だけあって客は野郎ばかりで女やガキは少ねえか。さすがに女性店員は止《や》めておいた方がいいよな、リーダー?」

「ああ、そうだな。抵抗されたり、変なマジックアイテムを隠し持っていたりしたら困る。客の中から選んでおけ」

「了解だ。だけどもう女はいねえか……おっと、こんな所にもう一人いやがった」

「……っ!?」

金髪の男が奥にいた私と弟に気付いてしまった。

「おっ、しかもガキも一緒にいるじゃねえか。ちょうどいい、おまえら姉弟《きようだい》で決まりだ、こっちに来い！」

「お、お姉ちゃん……」

「おい、さっさとこっちに来い」

「……お願いします、人質には私がなりますから、どうか弟だけは許してください！」

「駄目だ、お前ら二人だ。さっさとしろ！」

「うえええん！」

金髪の男の怒号が響き、それに耐えられなくなった弟が泣き出してしまった。

「ったく、うるせえガキだな！　黙れ！」

「やめて、乱暴しないで！　お願いします、私が何でも言うことを聞きますから、どうか弟だけは許してください！」

「……ほう、何でもか？」

弟をかばって前に出た私を目にして、男が振り上げた拳を止めた。

「おい、くだらねえことをしている時間はねえぞ！」

「いいじゃねえかリーダー。車を持ってくるまでもうちっとは時間があるだろ？」

「……ちっ、遅れたらそのまま置いていくからな。それにしてもそんなガキのどこがいいんだよ」

「へへっ、これくらいの女を無理やりヤるからいいんじゃねえか。おい、俺を満足させられれば、そっちのガキを許してやってもいいぜ。言っている意味は分かるだろ？」

「…………分かったわ」

私は男の人とそういう経験なんてしたことはないけれど、知識としては知っている。

「お姉ちゃん！　行っちゃ嫌だ！」

「お姉ちゃんは大丈夫だから。すみません、弟をお願いします」

「……すまない、本当にすまない！」

私は近くにいた男性に弟のことをお願いする。彼は私に謝りながら、弟にこれから起こることが見えないようしっかりと抱きしめてくれた。

「ありがとうございます」

謝る必要なんてない。この人は何一つ悪くない。悪いのはあの男達だ。

人を傷付けて、人の弱みに付け込んでくる最低なあの男達だ。

「おら、さっさとこっちへ来いよ」

きっと、この金髪の男は約束なんて守ってくれない。ここから逃げ出す時はきっと弟も一緒に人質として連れ出すに違いない。

それでも、私にできることはほんの少しでもいいから、時間を稼ぐことだけだ。

弟が助かるのなら、別に私の身体が汚されることくらい構わない！

「へへっ、楽しませてくれよな」

「……っ！」

金髪の男の手が私に迫る。

怖い……だけど、私は耐えてみせる！

絶対にあの人は助けに来てくれるから！

「ぎゃあああああああ！」

グシャッと何かが潰れたような音が聞こえ、目の前にいた金髪の男が突然股間《こかん》を押さえて、悶絶《もんぜつ》しながら崩れ落ちた。

「お、おい、どうした⁉」

私にも何が起こったのかまったく分からない。目の前にいた金髪の男が、なぜか突然股間を押さえて倒れていっただけだ。

「ゆっくりと後ろに下がって、他の人と一緒に離れていてくれ」

「……っ⁉」

目の前の何もない空間から、突然男の人の小さな声が聞こえた。

リアルでその声を聞くのはこれが初めてだ。だけど、これは何度も何度も配信で聞いたことがあるぶっきらぼうなあの声だ！

「おっ、おい。何がどうなっていやがるんだ……？」

「わ、分からねえ。突然あいつが一人で倒れて――ぎゃあああああ！」

何が起こっているのか分からずに慌てている立てこもり犯の一人が、また股間を押さえながら悶絶して崩れ落ちていった。

……やっぱり来てくれるって信じていたよ。

あなたは何度も私達リスナーに助けられたって言っているけれど、それは私にとっても同じなんだ。

あなたが命を懸けてがむしゃらに戦っていた姿には本当に勇気をもらえたんだよ。

あなたがダンジョンで死んでしまわないか、毎日本当に心配だったなあ。

それこそ学校であったいじめなんてどうでもよくなるくらいにね。

あなたに勇気をもらったおかげで、私はそんなくだらないいじめなんかに負けないで、今は元気に学校へ行けるようになったんだ。

ヒゲダルマ、やっぱりあなたは私のヒーローだよ。

◆　◇　◆　◇　◆

目の前にいる男には俺が見えていない。これは俺が右腕に付けている腕輪の力だ。この腕輪はダンジョンの深い階層で出てくる宝箱に入っていたマジックアイテムの一つである。

これを腕に嵌《は》めると、身につけた者は透明になるというとんでもアイテムだ。俺は見たまんま『透明腕輪』と名付けた。

こんなぶっ壊れアイテムがあれば、ダンジョン攻略なんて楽勝だろと思うかもしれないが、この腕輪は使用可能な時間がものすごく短い。

合計で十分も身につけていれば、この腕輪は壊れてしまう。そしてこの腕輪は他の者から姿が見えなくなるだけで、足音や臭い、地面に付いた足跡なんかはそのまま残る。

深い階層で出てくるモンスターにはこの腕輪を使って近付いても一瞬で気付かれてしまうので、ほとんど意味のないマジックアイテムであったが、ダンジョンの外であれば、その効果は非常に凶悪だ。

「ぎゃああああああ！」

俺が見えていない立てこもり犯の股間を思い切り蹴《け》り上げた。男は悶絶してその場に倒れ込む。

そしてそのまま次の立てこもり犯の下へ一直線に走る。

金的——男の弱点としては有名だが、普通に蹴られたくらいではここまで悶絶するほどの威力にはならない。

だが、ダンジョン内で常にモンスターと命のやり取りをしている俺には、どんな人であっても多少は躊躇《ちゅうちょ》してしまうような本気の蹴りを、一切の躊躇なく全力で男性の急所である睾丸《こうがん》へと叩《たた》き込《こ》むことができた。

もちろんここはダンジョンの外であるため、今の俺にはダンジョンの中で得られる超人的な力はないが、幾多のモンスターとの戦闘経験もあり、敵の急所を正確に攻撃することができる。

今履いている靴は硬いし、すぐに起き上がれるような痛みではない。もし睾丸が破裂すればショック死する可能性すらあると言えば、その痛みが想像を超えたものであることは分かるだろう。

周りに人質や負傷した店員さんがいるから大規模なマジックアイテムは使えず、立てこもり犯達を一人ずつ拘束している時間もないから、こうするのが一番手っ取り早い。

「何なんだよ、何が起きていやがるんだよ！」

「分からねえが、目には見えない野郎がいやがるな！　おい、下半身への攻撃に気を付け――」

「ぎゃあああああ！」

さすがに三人目の立てこもり犯を倒したところで、向こうもこちらが持っているマジックアイテムの効果に気付いたらしいが、ギリギリで四人目の股間を蹴り上げた。これで残りは二人だが、あとの二人は離れた場所にいる。

今俺の存在に気付いた剣を持っている男がこの立てこもり犯のリーダーか？

「う、動くなあああ！」

「ひいいい！」

もう一人の立てこもり犯が近くにいた人質と思われるおっさんを盾にして、ナイフを首元に当てた。

くそっ、こうなることが分かっていたから、作戦を立てマジックアイテムを使用して一気に立てこもり犯を制圧したかったんだ。

リスナーさんや華奈と瑠奈の案内に従って、六本木モールのこの店まで辿《たど》り着《つ》いたはいいが、状況を把握する前に手を出してしまった。

本来なら、俺が透明腕輪で姿を隠して敵や人質の現状を把握しつつ、一度引いてリスナーさん達と作戦を立てるつもりだったのだが計画が完全に崩れたな。

店の中に入って現状を確認していると、金髪の男が女の子に襲い掛かろうとしたから、つい手が出てしまった。ここに来るまでは、この店の中にいるタヌ金さんだけを救い出せればそれで良いと思っていたんだが、俺にもまだ人らしい感情が少しは残っていたらしい。

「でかしたぞ！　よし、そのまま動くなよ」

真っ先に俺の存在に気付いた赤い剣を持ったリーダーと思われる男が、金的を警戒しながらおっさんを人質に取ったもう一人の男の方へ合流した。

「リ、リーダー。何がどうなっているんだ……？」

「……おそらくだが、透明になれるマジックアイテムを持った野郎がいる。そんなマジックアイテムは見たことも聞いたこともないが、たぶんさっき話していた特殊部隊だろう」

特殊部隊か、今はそんな部隊もいるのか。

しかしまずいな、普段の書き込みから考えて、あのおっさんがタヌ金さんである確率はかなり高い。せめてどの人質がタヌ金さんなのかを確認してから仕掛けたかった。

「おい、そこにいるやつ！　今すぐに姿を現せ、さもないとこの男の喉《のど》を切り裂くぞ！」

「ひいい、助けてくれ！」

……くそっ、あの人がタヌ金さんでないと分かれば、賭《か》けで透明なまま突っ込むのだが、あの人がタヌ金さんの可能性が高い以上、そんな危険を冒すことはできない。

「……分かった。その人には手を出すなよ」

「うおっ、何もないところから声が⁉」

「やはり、透明になるマジックアイテムか！」

俺は立てこもり犯の言う通りに透明腕輪を外して、その姿を見せた。

「お、男がいきなり現れやがった⁉」

「……どこかで見た顔だな。て、てめえは最近虹野の会見で話題になっていた処刑人じゃねえか⁉」

どうやらリーダーの男は俺のことを知っているらしい。偵察のつもりだったから今の俺はマスクや帽子はしていない。

というか、その呼び方はなんだ……？

「そうか、ダンジョンの奥まで攻略をしていたというのは本当だったんだな。それでこんないかれたマジックアイテムを持っていやがったのか！」

まずいな。俺のことを知っているとなると、次にこの立てこもり犯達が要求してくるのは……。

「おい、まずはお前が今持っているマジックポーチとマジックアイテムをすべてよこせ！」

……当然そうくるよなあ。

俺のマジックポーチには透明腕輪のような特殊な効果を持ったマジックアイテムがたくさん入っている。

タヌ金さんと引き換えにならそれらをすべて手放してもいいと思えるのだが、マジックポーチを渡したところで、あいつらがあの人を解放するとは思えない。

「…………」

「おい、さっさとよこさねえと、こいつをブッ殺すぞ！」

「ひぃいいい！　助けて！」

「分かったから待て！」

しびれを切らしたリーダーの男が赤い剣をおっさんの首に突き付けた。

仕方がない、こうなったら一か八か――

「うおっ⁉」

「な、なんだ⁉」

俺が一か八かの行動を起こそうとしたその時、建物の中なのに突然横から突風が吹き荒れ、おっさんだけをその場に残し、俺に気を取られていた立てこもり犯達を吹き飛ばした。

そのおかげで立てこもり犯と人質の間に大きな距離ができる。

「今だよ！」

「ああ！」

何も見えないところから瑠奈の声がした。

今のは瑠奈が風の属性付きの短剣によって突風を起こしたに違いない。

何か不測の事態が起きた時のために、透明腕輪や他のマジックアイテムを事前に二人に渡して、別動隊として待機してもらったのは正解だった。

「っ⁉　おい、早く人質を！」

「お、おう！」

先ほどまで人質にナイフを突き付けていた男が再びおっさんを人質にしようと駆けだす。だが、瑠奈の声を聞きすぐに現状を理解して走り出した俺の方が速かった。

「くそったれ、くらえや！」

俺はおっさんをかばうように前に出た。

相手はナイフを持って襲ってくるが、人質がいないのならもう問題はない。

先ほどまでは人質が近くにいて使えなかったが、走りながら取り出しておいたマジックアイテムを立てこもり犯相手に遠慮なく使う。

「がはっ！」

俺が取り出した棒を振ると、ナイフを持って襲ってきた男が一瞬で後ろへ吹き飛び、お店のシャッターへと衝突した。こいつは振ると目の前に衝撃波を撃ち出せるマジックアイテムだ。

「うわっ、痛そう……」

「まあ、死んではないだろう。骨折くらいはしてそうだけどな」

透明腕輪を外したことにより、瑠奈が俺の横に現れた。

たぶん華奈の方は透明腕輪で姿を消して、また何か不測の事態が起きた時のために人質達のそばにいるに違いない。華奈はだいぶ賢い子だからな。

ここまで連れてくる気はなかったのだが、今回は華奈と瑠奈が一緒にいてくれて本当に助かった。

「あっ、あの。ありがとうございました！」

「ああ、無事でよかったぞ、タヌ金さん」

「たぬ？　えっと、あの……」

「……いや、何でもない。少し後ろの方に下がっていてくれ」

「は、はい！」

この人がタヌ金さんではなかったのか。人質達を見た感じこの人だと思ったんだけどな。

「な、何なんだよてめえらは！　どうしてそんなふざけたマジックアイテムをいくつも持ってやがるんだ⁉」

そして最後に残ったリーダーの男は何が起こったのか分からないといった表情でこちらを見ている。その両手には剣が握られているが、カタカタと震えている。

「別にマジックアイテムが一つと言った覚えはないぞ」

何なら透明腕輪はあと三つほどある。

一時はダンジョンの攻略用のマジックアイテムを回収するために、深い階層でひたすら周回を繰り返していた時期もあったからな。

「ちくしょう、どうしてこう何度も何度も邪魔が入るんだ！　いや、大丈夫だ……俺にはこの剣がある！　俺の邪魔をするやつらは皆殺しにしてやればいい！」

ブツブツと物騒なことを呟《つぶや》くリーダーの男。だいぶ精神的に追い込まれているようだ。

「死ねえええええ！」

「属性付きか！」

男が持っていた真っ赤な剣を振ると、そこから灼熱《しやくねつ》の炎が渦を巻くようにしてこちらに襲い掛かってきた。

あいつが持っている剣に付いている魔石は華奈や瑠奈が持っている武器の魔石よりも上だ。おそらく別のダンジョンの深い階層で取れたものに違いない。

だが――

「んなっ⁉」

俺と瑠奈の方に向かってきた炎の渦は俺が目の前に出した半透明の壁のようなものに阻まれ、炎の渦はそのまま男の下へと跳ね返った。

マジックリフレクションはモンスターが放ってくる炎や水弾を撥《は》ね返すことができるマジックアイテムである。

もちろん撥ね返せなかった時の保険のために他のマジックアイテムと同時に展開しているし、あいつの後ろに人質がいないことも確認済みだ。

「ぎゃあああああ！　熱い、熱い！」

跳ね返った炎は男へ直撃する直前、半透明な壁に阻まれた。

どうやらあいつはマジックリフレクションの下位互換であるマジックシールドを持っていたらしいが、炎を防ぎきることはできなかったようだ。

マジックシールドが許容量を超えて壊れ、男は一瞬だけ炎の渦に包まれて、悲鳴を上げながらその場に倒れた。

俺と瑠奈を殺すつもりで攻撃をしてきたことにより、完全に正当防衛になるはずだし、自身の攻撃が跳ね返ってこの男がどうなろうと知ったことではなかったのだが、ギリギリ生きているようだ。

本当に悪運の強いやつだな。

「ヒゲさん、大丈夫⁉」

「ああ、まったく問題ないぞ」

瑠奈が俺を心配しているが、マジックリフレクションのおかげで俺には火傷《やけど》一つない。

「これで全員か。よし、あいつらが悶絶《もんぜつ》しているうちにしっかりと拘束を――」

「よ、よくもリーダーを！　こうなりゃ道連れだ！」

「きゃあっ⁉」

瑠奈と一緒に金的によって悶絶している立てこもり犯を拘束しようとしたその時、集められていた人質の集団の中から一人の男が突然ナイフを持って飛び出してきた。

「瑠奈！」

モンスターとの戦いでも常に残心を忘れないよう努めてきた甲斐《かい》もあって、咄嗟《とっさ》に俺の身体が動き、男と瑠奈の間に割って入った。

「んなっ⁉」

ナイフによる突きを避けつつ、男の腕を両腕で掴《つか》んで関節を極《き》めたことにより、男がナイフを落とす。

「がっ、うげっ」

そしてそのまま右肘《みぎひじ》で男のみぞおちを思いきり撃ち、男の股間《こかん》を右足で蹴《け》り上げると、他の立てこもり犯と同じように悶絶して倒れる。

ダンジョンの人型モンスターが武器を持って襲ってきた時と同じ要領だ。

「ヒ、ヒゲさん、僕をかばって……。大丈夫、怪我はない⁉」

「ああ、大丈夫だ。この状況でまだ立てこもり犯が人質に潜んでいたとはな」

まさかあの状況でも立てこもり犯が人質の中に潜伏していたとは驚いた。もしかすると、透明腕輪の辺りから状況についていけずにそのまま潜伏するしかなかったのかもしれない。

「瑠奈、顔が赤いけれど大丈夫か？　怪我はしていないか？」

「う、うん。ヒゲさんがかばってくれたおかげで、傷一つないよ。助けてくれてありがとう！　ダンジョンの外でも本当に強いんだね」

「人型モンスターとの戦闘経験は人並み以上にあるから、身体が勝手に動いてくれた。瑠奈が無事でよかったよ」

どうやら瑠奈の方にも怪我はないようで安心する。

ダンジョンの外で身体能力は普通の人と変わらないが、モンスターとの戦闘経験は人並み以上にあるおかげで、自然と身体が反応してくれた。

それにいつモンスターが襲ってくるか分からないダンジョンの中で暮らしていることもあって、奇襲や襲撃には慣れているからな。

どうやらこれまでのモンスターとの戦いはダンジョンの外でも多少は役に立ってくれたようだ。


「……よし、これで全員か」

手分けをしてこの店にいた立てこもり犯全員を拘束した。もちろん持っていたマジックアイテムなどはすべて没収してある。

全力で睾丸《こうがん》を蹴り上げた男達のうち二人は失神していた。まあ、人質を取って立てこもり、そのうえ女の子に乱暴しようとしたようなやつらだ。それこそ、このまま下半身が使えなくなったとしても俺の知ったことではない。

「あの、お兄さん……」

華奈に声を掛けられる。ちなみに華奈は俺が予想した通り、不測の事態に備えて透明腕輪で姿を隠しながら人質のそばにいてくれたようだ。

先ほど人質に紛れていた立てこもり犯に対処できなかったことを謝られたが、さすがにあれは仕方がないだろう。

……それにしても、ヒゲダルマや匿名キボンヌはアレだからと言ってお兄さん呼びされるのはなんだかむず痒《がゆ》い。そして華奈が言いたいことはよく分かっている。

「ああ、安心しろ。すぐに治療するぞ」

「はい！」

ほっと胸をなでおろす華奈。もちろん治療をするというのはこの立てこもり犯などではない。

俺はこいつらに斬られたこのお店の店員さんと、彼女をかばって殴られたと聞いた男性をポーションで治療してあげた。ダンジョンの中での怪我は自己責任だが、この人達は理不尽に暴力を振るわれただけだからな。

大半の怪我人はそこまで大きな怪我ではなかったので、普通のポーションでも十分治療ができた。特に酷《ひど》い怪我をしていた警備員の人にはハイポーションを使ってあげる。

「あの、この度はなんとお礼を言っていいのか！」

「本当にありがとうございました！」

怪我の治療をしてあげた店員さんや人質になっていた人達から感謝の言葉をもらった。店員さんに確認をしたところ、店内で人質になっていた人達はこれで全員だから、この中にいるはずのタヌ金さんも無事なはずだ。

これで俺の目的は果たされたわけだし、警察やダンジョン防衛隊の人が来る前にさっさと退散するとしよう。

「本当にありがとうございました。私はこの店の責任者をしている者です。あなた方のおかげで、従業員やお客様が無事に助かりました！」

そう思ったところで、この店の店長らしき四、五十代の男性が俺や二人に向かって頭を下げてきた。

「近くにいただけだから気にしなくていいし、礼も不要だ。それよりも今回の件について警察やダンジョン防衛隊、それと日本ダンジョン協会に対してはうまく伝えておいてくれ」

ダンジョンから持ち帰ることができる不思議な力を持ったマジックアイテムの中には、危険な物や悪用すれば犯罪に使えるような物が数多くある。

事実、ダンジョンができた当初はマジックアイテムを使った犯罪などが数多く起きたらしい。そのため、現在のダンジョン法では、危険なマジックアイテムや武器に対しては厳しい規制が設けられており、ダンジョンの外で危険なマジックアイテムなどを使用することは禁止されている。

そりゃこんな危険な武器やマジックアイテムを使用して喧嘩《けんか》なんてしたら、周りに大きな被害が出るに決まっている。

今回の件についても、結果的にはマジックアイテムによる被害を出すことなく立てこもり犯を拘束することができたが、勝手に現場へ入って危険なマジックアイテムを使用したということで、俺や二人が罰せられる可能性も十分にある。

「もちろんでございます！　皆様が助けてくださらなければ、お客様が人質としてここから連れ去られていたか、最悪の場合この店にいた者全員が見捨てられて死んでいた可能性もありました。恩人であるあなた方の不利益になることは絶対にしません！」

当然そんな危険な武器やマジックアイテムを使用する犯罪者に対して、それらを制圧するダンジョン防衛隊などには強い権限が与えられている。

ダンジョンがなかった時代、銃が一般人にも販売されている国では警察や特殊部隊などの取り締まりが他の国よりも厳しくなっていたのと同じことなのかもしれない。

「よろしく頼む。それと透明になるマジックアイテムについては提出義務があれば応じると伝えておいてくれ」

ダンジョン法の中でも特に危険なマジックアイテムはその所持すら禁止されている物がある。マジックリフレクションはともかく、この透明腕輪については使用禁止マジックアイテムになる可能性が高い。

使用可能時間は短いとはいえ、ダンジョンの外でこいつはいろいろと悪用ができてしまうからな。今のところは禁止リストにないが、今回の件で存在を知った協会によって追加されるのではないかと思っている。

逆に言えば、まだ禁止されていないので、使っても違法ではないという判断だ。俺も犯罪者にはなりたくないし、協会への提出義務があるなら、大人しく提出するつもりである。

協会については先日の華奈と瑠奈の件で多少の不信感はあるが、現状ダンジョンに入るためには協会の許可が必要だし逆らうつもりもない。

「承りました、そのように伝えておきます。この度は本当にありがとうございました！」

再び頭を深く下げる店長さん。

「よし、そろそろここから出よう」

「はい」

「うん」

店長さんとの会話を終えて、華奈と瑠奈と一緒に店から出ようとする。

「お兄さん、お姉ちゃんを助けてくれてありがとう！」

声を掛けられて振り向くと、そこにはまだ小さな男の子がいた。その横には先ほど立てこもり犯に襲われそうになっていた姉もいる。

「怖かっただろうけど、よく我慢したな。偉かったぞ」

「うん！　お兄さんは何をしている人なの？」

「…………」

男の子が目を輝かせながら、俺にそんなことを聞いてくる。正直な話、俺のことを隠したいという意味ではなく、俺がダンジョンで探索者や配信者をやっているということは言いたくないんだよなあ……。

とはいえ、こんな子供に嘘を吐《つ》きたくもないし……いや、でも嘘を吐く方が駄目か。

「普段はダンジョンで探索をしている」

「僕、将来はお兄さんみたいなダンジョン探索者になる！」

……ほら、この年頃の男の子はちょっとでもすごいと思ったらそれに憧《あこが》れてしまうものなんだよ。

「いいか、ダンジョン探索者や配信者にだけは絶対になっちゃ駄目だぞ！」

「えっ⁉」

「そうですね、私もおすすめできません……」

「うん、僕も他の仕事がいいと思うよ……」

横にいた華奈と瑠奈も俺に同意してくれる。

うん、夢はあるかもしれないが、命の危険があるダンジョン探索者や配信者になんて憧れるものじゃない。それについては二人も同じ考えのようだ。

「そんなものになるよりも、身体を鍛えてお姉ちゃんを守れるような強い男になるんだぞ。そっちの方がお姉ちゃんもきっと喜ぶからな」

「……うん！　強くなって、今度は僕がお姉ちゃんを守るんだ！」

「そうだ、いい子だぞ！」

よしよし。

探索者や配信者になんてなるもんじゃない。そんなことよりも、外の世界で自分を鍛え上げた方がよっぽど格好いいんだぞ。うまく興味を逸らせたようでなによりだ。

「あの、先ほどは助けてくれて本当にありがとうございました」

今度は隣にいたこの男の子の姉にもお礼を言われた。姉の方は中学生か高校生くらいの年頃で、黒い髪をツインテールにしているワンピースを着た女の子だ。

可愛らしい顔立ちをしているけれど、この子も弟と同じでアイドル配信者になりたいとか言い出すんじゃないよな……。

「ああ、ついでで助けただけだから、あまり気にしなくていいぞ」

「「…………」」

愛想なくそう言い放った俺をジト目で見てくる華奈と瑠奈。

いや、こういうのは正直に言った方がいいんだよ。

それに変に格好を付けて幻想を持たれても困る。さっきの男の子みたく、この年頃の女の子は年上の男へ簡単に憧れてしまうと聞いたことがあるからな。

「……らしいなあ」

「んっ？」

「いえ、何でもないです！　華奈さんと瑠奈さんも本当にありがとうございました。ダンジョンツインズチャンネル、応援しています！」

「ありがとうございます」

「嬉《うれ》しい、ありがとうね」

どうやらこの子は華奈と瑠奈の配信チャンネルを見ているらしい。二人も自分のチャンネルを見ているリスナーさんに直接そう言ってもらえるのは嬉しいだろうな。

「それじゃあ俺達は行くからな。店長さん、あとはよろしく頼む」

「はい、本当にありがとうございました！」

「ありがとう！」

「ありがとうございました！」

店長さんにこの場を任せて、人質になっていた人達や従業員達から感謝の言葉をかけられながら、入口とは反対側にいる俺達が店へ入ってきた方向へと進んでいく。また透明腕輪を付けてこっそり外に出ることにしよう。

「おっと」

店を出る直前で背中に軽い衝撃が走った。

「あっ……！」

「むう……！」

俺達が店を出ようとしたところで、さっきの女の子が突然後ろから俺に抱き着いてきた。

「……ありがとね、ヒゲダルマ！」

「えっ⁉」

「またね！」

そして女の子は俺の耳元に小さな声でそう呟《つぶや》き、手を振りながら弟の下へと走り去っていった。

「…………マジか」

俺のハンドルネームを知っているということは、まさかあの女の子がタヌ金さんなのか……？

そりゃ俺だってネットでのイメージとリアルの姿が一致するとは思っていないが、いつもおっさん発言をしているタヌ金さんがあんな女の子だなんて嘘だろ……。

ネットの世界は本当に恐ろしい……。

◆◇◆◇◆

**たんたんタヌキの金**：いやあ〜今回はガチで死ぬかと思ったわ！　昨日動画のコメント漁《あさ》ったら、みんないろいろと調べてくれたり、作戦を考えてくれたり、本当にサンキューな！

**†通りすがりのキャンパー†**：それにしても無事でよかったぞ。ダンジョン防衛隊の装甲車を破壊したらしいし、ずいぶんと過激な犯人だったらしいからな。

**月面騎士**：まさかD&Lが襲われるとはなあ。またダンジョン法の規制が厳しくなるかもしれない。なんにせよ無事でよかった！

**海ぶどう**：ニュースもその話で持ちきりだったよ。それにしてもせっかく六本木モールの抽選に当たったのにとんだ災難だったね。

**たんたんタヌキの金**：本当だわな！　まあ、みんなのおかげで怪我一つなかったし、リアルのヒゲダルマや華奈ちゃんや瑠奈ちゃんに会えたから、むしろラッキーだったかもしれん。

昨日の六本木モールでの立てこもり事件が起こった翌日、華奈と瑠奈と一緒にダンジョンの三十三階層のセーフエリアで俺のチャンネルでの限定配信を行っている。今日は限定配信に招待したリスナーさん七人が全員揃《そろ》っている。

**WAKABA**：そっか〜災難だったけれど、それは羨《うら》ましいね〜。

**ケチャラー**：昨日俺が彼女とデートしている間にそんなことが……。二人にリアルで会えたのは超

羨ましいな！

**XYZ**：おい、彼女に怒られるぞ！　エア彼女か二次元の彼女だろうけどw

**たんたんタヌキの金**：やっぱリアルの二人は超可愛かったぞ！　ヒゲダルマは髭《ひげ》じゃなかった……。

「ありがとうございます」

「ヒゲさんは髭がなかったもんね」

**月面騎士**：そういえばリアルで会ったってことは三人ともタヌ金と会ったってことだよな？

**ケチャラー**：確かに！　まあ、おっさんのリアルに興味はないけどw　あと彼女はちゃんと三次元だからな！

「いえ、人質の方は大勢いたので、どなたがタヌ金さんかは分からなかったですよ」

「さすがにゆっくりと話す時間もなかったからね」

**たんたんタヌキの金**：失礼な、誰がおっさんだ！　私はナイスバディーのＪＤなんだぞ！　きゃるる～ん？

**月面騎士**：おっさん、キメえw

**XYZ**：きゃるる～んなんて言う女は存在しないぞw　それに女子大生をＪＤと言っている時点でダウト！　俺知ってる、こういうのはだいたいデブでメガネを掛けたおっさんなんだ。

「もっと若そうな方か、成人されていそうな方しかいませんでしたね。それに太った男性の方もいなかったです」

**ケチャラー**：華奈ちゃんも本気にしなくていい。どっちも適当言っているだけだからw
**†通りすがりのキャンパー†**：まあ、リアルの詮索《せんさく》はやめておいた方がいい。そういうのがなしで、ハンドルネームを使ってコメントできる配信を見ているわけだからな。あと最近の３Ｄプロジェクターの進歩はすさまじいものがあってだな。

**ケチャラー**：そうだな、詮索はなしでいこう。あと誰も信じてくれない件について……。

「お姉、あんまり詮索するのはよくないよ。ねっ、ヒゲさん」

「ご、ごめんなさい！」

「……ああ、そうだな」

う〜ん、未《いま》だにタヌ金さんがあの女の子だったことについては半信半疑なんだよなあ。

いや、この配信チャンネルでしか使っていない俺の配信者ネームを知っているわけだから、あの子がタヌ金さんなのは確定なのだが、どうしてもコメントのイメージと合致しない……。

まあ、タヌ金さんがどんな人であれ、無事に助け出すことができてよかったことに違いはない。

**たんたんタヌキの金**：華奈ちゃん、気にしないで大丈夫！　そういえば三人が出て行った後、店にいたカップルの女性が一緒にいた男にプロポーズして、男もそれを受け入れていたぞ。

**ＸＹＺ**：何がどうなったらそうなるんだよｗｗｗ
**たんたんタヌキの金**：立てこもり犯を前に、必死で彼女を守ろうとしていたんだよ。同じ男として、あれは相当な勇気がいることだったと思うぞ。

**月面騎士**：おい、自称ＪＤ、性別が漏れているぞｗ　吊《つ》り橋《ばし》効果の究極系みたいなやつか。だが、装甲車を破壊するようなイカれた連中を前にそんなことができるのはカッケーな！

**WAKABA**：うん、それは惚《ほ》れ直しちゃうよ！　おめでたいね～。

「うわ～すごいね！　多分あのカップルのことかな！」

「ええ、本当におめでたいです！」

そういえば、彼女をかばって立てこもり犯に殴られていた人質の男性をポーションで治療してあげたか。まあ、あんなことはあったが、一つくらい良いこともあってよかったのかもな。

**ケチャラー**：そういや、大きなニュースにはなっていたけれど、ヒゲダルマや華奈ちゃんと瑠奈ちゃんのことには触れられていなかったな。

**WAKABA**：あんまり部外者の人が事件を解決しちゃったって言いたくないのかもしれないね～。

**†通りすがりのキャンパー†**：それもあるが、馬鹿な配信者が人気目的であああいった場所へ押し入らないようにという意味もあるだろうな。今回は警察なんかよりもすごいマジックアイテムを持ったヒゲダルマだったからよかったが、普通のやつじゃ事態が悪化するだけに違いない。

**月面騎士**：なるほど、ここでヒゲダルマや二人をもてはやしたら、馬鹿な配信者が出てくる可能性も増えそうだ。

「一応店にいた人には俺達のことは黙っていてほしいと頼んだけどな。あとは警察や日本ダンジョン協会が何か言ってこないのを祈るだけか」

**たんたんタヌキの金**：こっちの方も警察やらダンジョン防衛隊やら日本ダンジョン協会やらにいろいろと話は聞かれたな。どちらにしろあの立てこもり犯達がヒゲダルマや二人のことについては話しちゃったみたいだから、三人が助けてくれたことは話したぞ。もちろんヒゲダルマのチャンネルのことは話していないからな！

「ああ、それについては大丈夫だから気にしなくていい。ちゃんと髭は剃《そ》っていたし、このチャンネルの俺とは分からないだろうからな」

理想を言えば、透明腕輪を使用したまま立てこもり犯達をこっそり全員拘束して、そのまま立ち去りたいところだったが、こればかりは仕方がない。

「今のところは特にダンジョン協会から何も連絡はないですね」

「うん、勝手に立てこもり犯のいる現場に入っちゃったけれど、結果的には全部うまくいったし、何も罰がなければいいんだけどなあ……」

「さすがに昨日のことだし、まだいろいろと決めかねているんだろうな。少なくとも警告は必ず来るだろう。あと透明腕輪について提出しろと言われたら、二人を通して渡すからその時はよろしく頼む」

「はい、分かりました」

**海ぶどう**：そういえば、あの透明腕輪ってマジックアイテムはヤバすぎるだろ！　ダンジョンだとあんなマジックアイテムまで出てくるんだね。

**XYZ**：まあ、使用禁止マジックアイテムになることは間違いないだろうな。あれは悪用しようと思えばいくらでもできる。

**たんたんタヌキの金**：そうそう。女湯に侵入したり、女子更衣室に侵入したり、女子校に侵入したりといくらでも悪用できるもんな。

**ケチャラー**：だから自称ＪＤ、ちょっとは自重しろｗ　でも、透明になれたら女湯に入るのは男のロマンとして分かる！

**月面騎士**：それな！　こればかりは犯罪と分かっていても、女湯に入りたいと思うのが男ってもんだ！

**WAKABA**：これだから男って……。

「みんな、犯罪は駄目だよ！」

瑠奈が窘《たしな》めるが、他のリスナーさんの言うことも分からなくはない。

透明人間というものはどうしても男心をくすぐるのである。

**†通りすがりのキャンパー†**：そういえば、男なら女湯に入ろうと思うのは当然だとして、女の方は透明腕輪をどう使うんだろうな？

「キャンパーさんも当然なんですね……」

華奈が少し呆《あき》れたように言う。

**たんたんタヌキの金**：確かにそれは気になるな。さあ、すべてを正直に話すんだ！

**XYZ**：おい、セクハラ親父《おやじ》ｗ　でもちょっと気にはなるな。男湯に入りたいとは思わないだろうし。

**WAKABA**：う～ん、犯罪もありだったら、やっぱりお金とかを盗《と》っちゃうのかなあ。もちろん悪徳金融とかからだよ～。

「……ええ〜と、私だったらこっそり好きな人についていったり、好きな人の部屋に入ってみたりしたいかもしれませんね。も、もちろん実際にはしませんけれど！」

ＷＡＫＡＢＡさんはお金か。これは男でも女湯の次に考えることだろうな。お金を盗るとしたら悪人からという気持ちも分かる。

華奈は好きな人のことを知りたいということか。どちらかというと芸能人とかの私生活を知りたいとかそういうことなのかもしれない。

「僕は普通の人だったら入れないところに入ってみたいかも。国会とか日本ダンジョン協会とかすっごい秘密がありそうだし！」

なるほど、瑠奈の言うことも確かに誰しもがやってみたいことの一つだ。

「まあ、いろいろと悪用できるだろうし、禁止マジックアイテムになることは間違いないだろうな。だけどまだ禁止される前だから、この件で逮捕されるということはないはずだ」

日本ダンジョン協会から禁止されたら、この透明腕輪は素直に引き渡すとしよう。俺もダンジョンに家を造って住んでいたりと非常識なことをしている自覚はあるが、法律に違反したくはない。

「う〜ん、どうなるのかなあ……」

「もしかしたら警察やダンジョン防衛隊の公務執行妨害にあたるかもしれませんね……」

確かにそれはありえるかもしれない。

立てこもり犯のリーダーは全身に大火傷を負ったらしいが、俺や瑠奈を殺す気で攻撃してきた以上、正当防衛が認められるし、それについては大丈夫なはずだ。

結果的には人質を全員無事に救出できたし、怪我をしたお客や店員を全員治療したわけだから、さすがに探索者資格の剥奪《はくだつ》まではいかないだろう。

たとえなんらかの処罰があったとしても、華奈も瑠奈も怪我をすることなく、恩人であるタヌ金さんを無事に助けることができて、俺は満足だ。

立てこもり犯は凶悪なやつらだったし、あの時躊躇《ちゅうちょ》をせずにタヌ金さんを助けに行って本当によかった。

そして今回は華奈と瑠奈が一緒にいてくれて助かったよ。またどこかでお礼をするとしよう。

二人やリスナーさん達とこうやってくだらないことを笑いながら話せることが俺にとっては何よりもありがたい。

# 幕間《まくあい》　暇人の集まるスレ3

243：相変わらずダンジョンツインズチャンネルの視聴者数はヤバイなw　登録者数も例の会見の前から何十倍になっているとやら。

244：まあ、あれだけニュースに出ていたし、例の斬首人の戦闘シーンが見られたのはあのダンジョンツインズチャンネルの配信だけだからな。大宮ダンジョンだとまだ確認できてないけれど、他のダンジョンの攻略組があいつの情報に一致したモンスターを発見したらしい。

245：あのミノタウロスの首を刈った動画の検証結果も出ていたもんなあ。

246：なぜか頑《かたく》なに加工動画だと言い張るやつがいた件なw

247：さすがにリアルタイムの配信なのに加工は無理あるだろw　確かに動きが速すぎたから気持ちは分からんでもない。一説によると、あの動きは七十階層以上を攻略していてもおかしくないらしいぞ。

248：七十⁉　さすがにそれは嘘《うそ》だろｗ

249：そういや、例の六本木モールの事件を解決したのも例の斬首人だって噂《うわさ》もあったよな？　六本木モールの近くでそいつを見たって人がいたらしい。

250：あの立てこもり事件か。立てこもり犯の睾丸《こうがん》破裂はニュース見ていて吹いたわｗ

251：ついに警察やダンジョン防衛隊が、犯人に対してそこまでするようになったのかと思ったぞｗｗｗ

252：ぶっちゃけ犯罪者に対してはそれくらいやっていいと思うがな。

253：それについては同意！　凶悪犯罪者はチョン切って、居場所が分かるチップ埋め込むくらいしてもいいと思う。

254：犯人達が運ばれた病院から情報漏洩《ろうえい》していたのにも驚いたけれど、立てこもり犯の大半が股間《こかん》を強打されて、一人は全身大火傷《おおやけど》にもう一人は全身骨折だからな。人質は全員怪我《けが》なく解放さ

れたらしいし、メシウマ案件すぎたｗ

255：犯罪の抑制にもなるから、わざと情報漏洩させたって説もあるな。とはいえ、さすがにそれと斬首人を結び付けるのは無理があるんじゃないか？　いくら強い探索者でも、ダンジョンの外に出ればただの一般人だからな。それこそダンジョン防衛隊とかが持っている装備でもないと、装甲車を破壊した立てこもり犯を捕まえられないだろう。

256：確かに。でも斬首人だったら最高に面白いのになｗ　モンスターは首を刈り、人間は玉を刈る……。

257：怖《こえ》えよｗｗｗ

258：モンスター相手よりも人間相手の方が容赦ない件についてｗｗｗ

259：出会って助かるのは女だけという……。

260：はたして女は何を刈られることやら！　斬首人かダンジョン防衛隊の誰かなのかは知らないが、犯罪者相手なら容赦なくやってほしいな！

261：くらえ、必殺ゴールデンボールブレイカァァァァァ～！

262：やめいｗ

263：確かに必ず男を殺す技だけどｗ

264：技名はダサいが、超必殺技なのは認めるｗｗｗ

# エピローグ

「ふあ〜あ」

おっと、思わず欠伸《あくび》が出てしまった。いかんいかん、ここはダンジョンの中だ。どんな状況でも油断は禁物である。

大宮ダンジョンの三十一階層。

この階層には大きな湖があり、現在はその湖のほとりで釣り糸を垂らして釣りをしている。見晴らしがいい場所だから、魔物による奇襲はないだろうし、しばらく獲物も掛かってこないから、つい気が緩んでしまった。

「ふふっ、ヒゲダルマさんでも欠伸をしたりするんですね」

「ヒゲさんが、ダンジョンの中で気を抜くなんて珍しいね」

「……釣りをしている時だけはどうしても眠くなってしまうんだよなあ」

**海ぶどう**：今更だけど、ダンジョンの中に湖とか川があるのって本当に不思議だよね。

**†通りすがりのキャンパー†**：ダンジョンの階層ごとにそれぞれ食物連鎖があるし、ダンジョンについてはまだ分からないことだらけだ。

**XYZ**：まあ、のんびりと釣りができるくらいに落ち着いたのはいいことだな。

両手で竿《さお》を持っていると、腕に付けたデバイスからリスナーさん達のコメントが流れる。

「そうだな。とりあえず警告ですんでよかったよ」

例の六本木モールの立てこもり事件から一週間が過ぎた。

「それで透明腕輪の方は渡してくれたか？」

「はい、ちゃんとヒゲダルマさんからお預かりした六個をお渡ししました」

「やっぱりあれは使用禁止マジックアイテムに指定されちゃったね。いろいろと悪用できちゃうから仕方がないかあ」

「ありがとうな。まあ、さすがにあのマジックアイテムはいろいろと危険だから仕方がない」

**たんたんタヌキの金**：くそ、透明人間になれるという男のロマンが……。

**ケチャラー**：おっさんの気持ちは分からなくもない……。

**†通りすがりのキャンパー†**：これでまた一つ、男のロマンが潰《つい》えたか……。

**WAKABA**：大袈裟《おおげさ》だよ。これだから男の人はねえ～。

透明腕輪についてては予想通り使用禁止マジックアイテムに指定され、二人を通して所持していた透明腕輪をダンジョン協会の方へ提出した。その代わりに結構な大金を現金でもらったのだが、相変わらず現金の使い道はない。

こういった危険なマジックアイテムについてはすぐに研究され、解析されて対策方法が今後のセキュリティなどに活《い》かされることとなる。とはいえ、マジックアイテムについては未知の部分が多すぎるので、対策が可能なのかはそのマジックアイテムにもよる。

透明腕輪はかなり深い階層の宝箱で手に入れた物なので、解析は難しいかもしれないな。

「他に日本ダンジョン協会から何か言われなかったか？」

「あとはヒゲさんと同じで、警告を受けたくらいかな。今回はよかったけれど、勝手に危険な現場に入ったら、次はダンジョン探索資格の停止処分か最悪の場合は剥奪まであるってさ」

**たんたんタヌキの金**：華奈ちゃんも瑠奈ちゃんもあの時は本当にありがとう！　あとごめん！

「実質的には処分なしだったから、大丈夫ですよ。それに前にも言いましたが、私達の方こそ皆さんに何度も助けていただきましたから！」

「そうだな。タヌ金さんのためだったらどんな処分も受ける気だったから、むしろ警告程度ですんで軽いくらいだ。それに俺や二人のこともニュースでは名前も出ていないみたいで安心したぞ」

**海ぶどう**：そういや一部の掲示板とかではヒゲダルマと今回の件を結び付けていたやつもいたぞ。

**月面騎士**：なかなか鋭いやつもいるんだな。立てこもり犯達が病院に運ばれたことは書いてあったぞ。犯人達の症状がニュースに出た時、一人が全身に大火傷《おおやけど》は分かるんだが、数名が睾丸破裂ってのにはさすがに吹いたw

**ケチャラー**：それなw　俺達はあとで三人に聞いたから知っているけれど、知らない人が見たら、何が起きたと思うに違いない。

**†通りすがりのキャンパー†**：さすがに警察やダンジョン防衛隊はそんな拘束の仕方をしないから、誰かが介入したと思われて、最近話題になっていたヒゲダルマが候補にあがったんだろう。

**XYZ**：すでに謎のヒーローに『ゴールデンボールブレイカー』、『股間クラッシャー』、『玉狩り職

人』なんて二つ名が広がっているらしいｗ
**ケチャラー：**玉を潰《つぶ》すヒーローか。犯罪者達には恐れられること間違いなしだぞｗ
**海ぶどう：**どこの仕事人だよｗｗｗ
**たんたんタヌキの金：**そんなヒーローは嫌だ……。

「そ、そうなんですね……」

「あはは、面白い二つ名だね！」

華奈の方は笑いを堪《こら》えているようで、瑠奈の方は盛大に吹き出した。さすがに俺もそんな二つ名は嫌だ……。

「あっ、きた！」

瑠奈が持っていた釣り竿を思いっきり立てる。どうやらヒットしたらしい。

「うわっ、すごい引き！」

「瑠奈、頑張って！」

ダンジョン内の川や湖に普通の魚は生息していない。ここにいるのは魚型のモンスターだ。当然ながらその力はマグロなんかのレベルではない。

手助けをしたいところだが、今日はのんびりと釣りをしているだけだから、瑠奈自身に任せている。

「えい！」

ザッパーンッ。

瑠奈がタイミングを合わせて竿を思いっきり引き上げると、湖の水面から一メートルほどの巨大な魚型モンスターがその姿を現した。

この竿や糸は俺の手作りのため、市販の釣り竿みたいにリールなんかは付いていない。市販の釣り竿や糸ではすぐにダンジョン内の魚型モンスターの力に負け、竿が折れるか糸が切れてしまう。

丈夫さを重視して作った釣り竿のため少し不格好だが、問題はなかったようだ。

「お見事。こいつはパープルクインサーモンだな。身の色が紫色で少し微妙だが、味はそこらのサーモンよりも遥《はる》かにうまいぞ」

釣り上げたパープルクインサーモンに瑠奈が止《とど》めを刺し、いったんマジックポーチへ収納する。釣った魚型モンスターはあとでみんなで調理する予定だ。

「……それにしても瑠奈は釣りがうまいな。釣った数は瑠奈が一番多いぞ」

これまでに釣った魚型モンスターは俺が二匹、華奈が一匹、瑠奈が四匹の合計七匹だ。身体能力や反射神経は俺が一番高いはずなのだが、釣り糸を垂らすポイントや竿の振り方が俺よりも上手なのかもしれない。

「うん、釣りは昔から得意だったからね！　僕が釣る分だけ児童養護施設でのおかずが増えるから本気で頑張ったよ」

「よく児童養護施設の先生と一緒に釣りに行きました。私は全然駄目でしたけれど……」

「そ、そうか……」

どうやら二人とも釣りの経験があるらしい。

……それにしても理由がすごいな。以前瑠奈が器用にパン窯を作った時もそうだったが、確かに人は厳しい環境だと逞《たくま》しく成長するのかもしれない。

すべてを失ってダンジョンにこもり絶望していた俺だが、若いころから苦労している彼女達と比べると、なんだか小さなことに思えてくるから不思議だ。

「よし、そろそろ引き上げるとするか。今日は魚祭りだな」

いつもの誰も来ない三十三階層のセーフエリアへとやってきた。

「ああ、そうやって内臓を取ってから、身を捌《さば》いていくんだ。普通の魚よりもだいぶ大きいのと、包丁は切れ味がいいから捌く時には気を付けるんだぞ」

「は、はい！」

**海ぶどう**：くそう、華奈ちゃんと一緒に料理とかマジで羨《うらや》ましい！

**たんたんタヌキの金**：華奈ちゃんから優しく教えてもらう方がいいのか、あるいは手取り足取り教えるのがいいのか迷うところだな……。

**XYZ**：おい、こらおっさん！　ぜひ手取り足取り教えてあげたいです！

**†通りすがりのキャンパー†**：一応限定配信とはいえ、自重しておけw

**WAKABA**：あまりひどいと通報しちゃうからね～。

**たんたんタヌキの金**：すみません、冗談です！

リスナーさん達も相変わらずだ。まあこんなくだらないことを言いあえるくらいのんびりできるようになったのはいいことだ。

最近はずっとあちこち走り回っていたからな。ダンジョンの外にこれほど出たのはものすごく久しぶりだったが、この日常を守ることができて本当によかった。

「うう～僕もヒゲさんと一緒に料理をしたかったのに……」

瑠奈の方はというと、先ほど魚型モンスターを捌いている時に包丁で指を切ってしまった。この包丁はダンジョンのモンスターも切れる特別製で、切れ味はかなり鋭いからな。

ちなみに瑠奈の傷は有無を言わさずポーションを使って治療しておいた。もしも俺のせいで瑠奈が怪我《けが》をしたなんて知られたら二人のファンに怒られてしまう。

……いや、怒られるくらいならまだマシらしいな。リスナーさんに聞いたところ、本気のファンは怖いらしい。

「今日の昼ご飯は三種類のモンスターの刺身とパープルクインサーモンのホイル焼きとサーペントのつみれ汁だ」

テーブルの上の皿には紫、白、半透明色の三種類の魚の刺身と、アルミホイルに包まれたパープルクインサーモン、サーペントのつみれ汁がある。

そして忘れてはいけない白いご飯だ。時間の止まるマジックポーチ内に飯盒《はんごう》で炊いた炊き立てのご飯を保存してある。

ちなみにモンスターに寄生虫は付かない。それについてはすでに確認されているが、深い階層のモンスターもそうなのか不安だから、いつもは生命反応を確認するマジックアイテムを使って、寄生虫がいないかを確認してから食べている。

さて、先日夜桜に用意してもらった高級な醤油《しょうゆ》を準備していざ実食だ！

「うわあ、サーペントってあんな見た目をしているのに、身はこんなに真っ白なんだ！　うん、しなやかな弾力があって、淡白だけれどとても上品で深い味がするね！」

サーペントはウミヘビのような見た目をしており、少しグロテスクな顔をしているのだが、とても顔からは想像できない上品な味をしている。

「こちらのクラーケンはとても歯ごたえがありますね。それに噛《か》めば噛むほど、口の中に少しずつおいしさが広がっていきます」

クラーケンは巨大なイカ型のモンスターで三メートル近くあった。こいつは瑠奈が釣ってくれた獲物で、今日釣った中で一番の大きさだ。味はうまいのだが、捌くのがかなり大変だった。

「うん、パープルクインサーモンはとても脂が乗っていて、優しく舌の上でとろけていくようだ。紫色の身からは想像もできないくらいうまいぞ！」

**海ぶどう**：ぐわあああああ！　飯テロやめてえええ！

**XYZ**：あのモンスターの外見からこんなにうまそうになるなんて思えないよな。特にウミヘビのサーペントがこんな刺身になるとかw

**たんたんタヌキの金**：スーパーで売っているパックの刺身とはレベルが違いすぎて草w　一切れ何十万円とかの世界になるんだろうなw

リスナーのみんなの反応も上々のようだな。いつかお世話になったリスナーさん達にも食べてもらいたいものだ。

「どれも本当においしいですね！　今度モンスターを釣って、料理をする配信をしてもいいかもしれません」

「今度はお姉も自分で釣りのエサを付けられるようにならないとね！」

「そ、そうね……頑張らないと……」

釣りのエサは低い階層に現れるレッドワームという大きな芋虫を使ったのだが、華奈は自分で釣り針にエサを付けることができなかった。

**ケチャラー**：レッドワームをまともに触れない華奈ちゃんは可愛らしかったな～。

**†通りすがりのキャンパー†**：まあゴキも芋虫も苦手な女の子は多いよな。

**XYZ**：そしてそれを気にも留めない瑠奈ちゃんは強いw
どうやら華奈はゴキブリだけでなく芋虫も苦手らしい。

双子と言っても、華奈と瑠奈は性格だけじゃなくて、苦手な物も全然違うみたいだな。

「さて、次はホイル焼きの方だな」

焚《た》き火《び》の横に置いてあった銀色のアルミホイルの包みを取り出す。包みを開けると真っ白な蒸気と共においしそうなバターの香りが鼻をくすぐる。

中には刺身よりもより濃い紫色のパープルクインサーモンの切り身とたくさんのキノコが入っているので、そこにこの高級な醤油を一回しして完成だ。

このダンジョンの中にはダンジョンの外のものとは比べ物にならないレベルの毒キノコもあるから注意が必要だ。

「うん、アルミホイルに包んで焼いているから、旨《うま》みがギュッと詰まっていてとても柔らかく仕上がっているぞ。キノコの旨みと脂の乗ったパープルクインサーモンの旨みがバターの香りと醤油と合わさって最高にうまいな！」

**ＸＹＺ**：ぎゃあ！　被弾してしまった、衛生兵を頼む！

**海ぶどう**：こんなにうまそうなホイル焼き初めて見た！

**†通りすがりのキャンパー†**：ホイル焼きは手軽にできる蒸し焼き料理だ。食材本来の旨みを封じ込めることができる調理法なんだよな。くそっ、マジでうまそうだ！

キャンパーさんの言う通り、ホイル焼きは切った食材と調味料をアルミホイルで包んで火のそばに置いておくだけのお手軽料理だ。食材の旨みがギュッと詰まっていて本当にうまい。

「うわあ、とってもおいしい！　アルミホイルに包んで焼くだけでこんなにおいしくなるんだからすごいね！」

「簡単なのにおいしいですね！　今度家でも作ってみます」

「華奈が作ってくれたサーペントのつみれ汁もうまいな。サーペントの出汁《だし》が出ていていけるぞ」

「ありがとうございます、サーペントの骨やあらを使って出汁を取ってみました。軽く炙《あぶ》ってから出汁を取ると香ばしさも加わっておいしくなるんですよ」

華奈が作ってくれたサーペントのつみれ汁はつみれ自体もうまいのだが、その出汁がうまかった。

なるほど、骨やあらを一度炙ってから出汁を取るのか。

俺も料理をするが、食材のおいしさに頼った大雑把な飯が多いからな。こういうところは華奈を見習わなければならない。


「ふう〜本当においしかったあ！　でもまた太っちゃいそうだよ……」

「おいしくて止まらなくなっちゃうんですよね……」

複雑な表情をしながら料理を食べ終えた瑠奈と華奈。

確かに二人ともいっぱい食べているが、ダンジョンでモンスターと戦っていれば嫌でも消費することになるから大丈夫だろう。

**たんたんタヌキの金**：ダンジョンで釣りも面白そうだったな。しかしクラーケンを釣り上げたら、華奈ちゃんと瑠奈ちゃんが触手にやられるのが定番だと言うのに……。
**月面騎士**：うっ、確かにクラーケンを釣った時点で同じことを思ってしまった俺はタヌ金と同じレベルだった件……。
**ケチャラー**：まあクラーケンと言えば触手だからなw　それよりもせっかく湖に来ているのに、なんで水着じゃないんだよおおお！
「いや、さすがに危険なダンジョンの中で防具もない水着になれるわけがないだろ……」
「そうですね、川や湖の中にもモンスターはいますからね」
「ちょっと危なすぎるかな」

**たんたんタヌキの金**：ここは男のロマンであるビキニアーマー一択だろ！

**月面騎士**：おいこら自称ＪＤｗｗｗ　でも二人のビキニアーマーは見てみたいです！

**†通りすがりのキャンパー†**：防御力は皆無だが、そこには男のロマンがある！

**ＷＡＫＡＢＡ**：男のロマンって本当にろくなものがないよねぇ〜。

ＷＡＫＡＢＡさんが呆《あき》れるのも当然である。

「みんなも本当に相変わらずだな。そういえば、確か四十一階層にある大きな川の一部はセーフエリアになっていたから、そこならのんびりと過ごすことができるぞ。川のほとりでのんびりと涼みながらうまい飯を食うのも悪くないんだよなあ」

「「……っ!?」」

**ケチャラー**：おお、そこなら華奈ちゃんと瑠奈ちゃんの水着がワンチャン見られるかも！

**†通りすがりのキャンパー†**：四十一階層ならあとたったの三階層じゃないか！　ここは全部ヒゲダルマがモンスターを倒して最速で二人をそこへ連れていこう！

**月面騎士**：水着水着水着水着！　あっ、ヒゲダルマの水着姿は死ぬほどどうでもいいです！

**ＷＡＫＡＢＡ**：二人にとっても、いろいろとチャンスかもしれないねぇ〜。

「あと三階層……いえ、油断は禁物ですね。でもとっても楽しみです！」

「三階層かあ〜うん、僕もいろいろと準備しておこうっと！」

よく分からないが、二人ともやる気になったのなら何よりだ。

とはいえまだ三階層もあるし、四十階層にはボスモンスターもいる。

ダンジョンには十階層ごとに通常出現するモンスターより強いボスモンスターが出現するわけだし、油断は絶対に禁物だ。

だが、昔の俺のように気を張りすぎるよりも、華奈や瑠奈のように楽しみつつダンジョンへ挑む方がいいだろう。俺も二人からはいろいろと学ばせてもらっている。

それにしても、今では華奈と瑠奈と配信をしながら一緒にご飯を食べることが日常になってきた。リスナーさん達と一緒に配信をしながら一人で過ごすのもいいが、こうやって誰かとのんびり過ごすというのも悪くないものだ。

以前までの俺だったらとてもではないが考えられないことだよ。

ダンジョンの外ですべてを失ってから、ずっとダンジョンに引きこもって誰とも会わない生活を送ってきた。完全に人を信じられなくなって絶望していた俺がリスナーさん達、夜桜、華奈と瑠奈と出会って、ほんの少しずつだが前向きになることができた。

ただひたすらにダンジョンを攻略していたあの頃の俺はどうかしていたんだな。ダンジョンの中にはこれほどうまい食材や楽しいことがいくらでもあったというのに。

まあ、ダンジョンの中に自分の家を造って、自給自足の生活をするだなんてことは夢にも思っていなかったけれど。

だけど今の俺は毎日が楽しくて仕方がない。ダンジョンの外での生活よりも、ダンジョンの中で配信をしながらみんなとのんびり過ごしている方がよっぽど楽しい。

もちろんダンジョンの中で暮らしている以上、これから先がどうなるかはまったく分からない。

それこそ下手をすれば、明日死んでもおかしくない生活をしているわけだからな。

だからこそ、今を精一杯楽しんで、こんな日常がこれからもずっと続くことをせいぜい祈るとしよう。

# あとがき

初めまして、タジリユウと申します。この度は『住所不定キャンパーはダンジョンでのんびりと暮らしたい ～危険な深層モンスターも俺にとっては食材です～』を手に取っていただき、誠にありがとうございます。

こちらの作品は現代よりもちょっとだけ技術が進んだ日本にダンジョンが出現した世界となります。そのため、ダンジョンというファンタジーな存在がありつつも、大宮《おおみや》や六本木《ろっぽんぎ》などといった実際に存在する地名が出てきて、配信や掲示板という現実らしさが出てくる不思議な舞台となっております。

特に幕間《まくあい》の掲示板スレなどは昔のネットスラングも出てくるので、懐かしく思う人も多いのではないでしょうか？

そして、そんな舞台で出てくるヒゲダルマという文字通り髭《ひげ》だらけの主人公。正直に言って、この作品の書籍化が決まった時に最初に思ったことはヒゲダルマのキャラクターデザインって大丈夫なのか、でしたからね（笑）。

そんな主人公のヒゲダルマですが、この作品では一風変わった信念を持ちつつ、主に二つのテーマを中心に物語は進んでいきます。

一つ目は現実に存在しないダンジョンの美味《おい》しいモンスターを料理して、ダンジョン産の鉱物やモンスターの素材で物作りをするスローライフです。現代社会から離れ、ダンジョンの中でのんびりと過ごしながら、この世界には存在しないモンスターの食材を楽しむ姿には憧《あこが》れる人も多いのではないでしょうか。

二つ目は大切な人達との絆《きずな》です。初《しょ》っ端《ぱな》からヒロイン達を見捨てようとして何が絆だ、と思う方が大半かもしれませんが、そこから少しずつ二人との絆を深めていくところを描けていればいいなと思います。そしてヒゲダルマが辛《つら》かった時に支えてくれたリスナーさん達。実際には会ったことすらない彼らですが、配信チャンネル上のやり取りだけで、お互いに助け合い支え合う関係となり得ること、コメントの先では人と繋《つな》がっていることを伝えられれば幸いです。

また、この作品は書籍化にあたり、多くの加筆修正を行いました。

せっかくの美味しい食材や特有の素材となるモンスターが存在するダンジョンの中なので、書籍化に際してヒロイン達やリスナーさん達と一緒に楽しく過ごすシーンを大幅に追加しました。

双子については苦手なものや得意なこと、ＷＥＢ版では書いていなかった過去のエピソードなどもあわせて、ヒロインとしての魅力をよりしっかりと描けたかなと思います。

ちなみにＷＥＢ版ではタヌ金さんのキャラが衝撃だったというコメントが非常に多かったです。登場シーンは少ないですが、かなりのヒロインムーブを見せてくれましたからね（笑）。店員の夜《よ》桜《ざくら》と共にこの先の物語にもきっと登場してくれるでしょう。

さて、私は普段WEB小説を書いております。最近では誰でも無料で簡単に小説を投稿できるサイトが増えています。

私は学生の頃からライトノベルや漫画を読んで育ち、社会人になってからはネット小説を読んでおりました。そして軽い気持ちで通勤時間にスマホで小説を書き始めたことがきっかけとなり、その作品が受賞して書籍化することができました。

皆様もほんの少しでも小説を書くことに興味がありましたら、まずは深く考えずに好きなことを書いてみることをお勧めいたします。小説を書くことによって、私のように生活が一変するかもしれません！

この作品はWEB上で公開されております。今回、『第9回カクヨムWeb小説コンテスト』にて特別賞をいただき、書籍化する運びとなりました。

WEB版は改稿前ということもあり、まだ文章が甘いところも多いですが、興味のある方はご覧になっていただけますと幸いです。

また、私は旅やキャンプが好きということもあり、キャンプに関連した作品も多く書いております。異世界でキャンプ場を作ったり、アウトドアショップを経営したり、キャンピングカーで旅をしたりといった内容のものもありますので、興味がありましたらそちらの作品もよろしくお願いいたします。

そしてなんと、この作品はＷＥＢコミックサイト『カドコミ』内の異世界コミックにてコミカライズが決定しております。詳細な情報は後ほどＷＥＢ上でお伝えしますので、お楽しみに！

やはりコミカライズは楽しみですね。ヒゲダルマ、ヒロイン達やリスナーさん達がどのように描かれるのか、とても気になるところです。

コミカライズは自身初ということもありまして、一人の読者として早く読みたい気持ちで一杯です。コミカライズの方でもヒゲダルマをぜひよろしくお願いします！

最後になりますが、この作品を刊行するにあたって携わってくださいました皆様、本当にありがとうございました。皆様のおかげで、この怪しい格好をしたヒゲダルマが本当に書籍として世に出ることとなりました。

イラストレーターの市丸《いちまる》きすけ様、主人公として難しいヒゲダルマをここまで素晴らしく描き上げていただき、とても感謝しております。また、カラーの双子のイラストを初めて見た時、この作品のヒロイン達はこんなに可愛《かわい》かったのかと驚いたものです。最高のイラストを本当にありがとうございました！

そしてこの本を手に取ってくださいました皆様に最大の感謝を！

次巻のあとがきにて、再びお会いできることを祈っております。

お便りはこちらまで

〒102－8177
カドカワBOOKS編集部　気付
タジリユウ（様）宛
市丸きすけ（様）宛

カドカワBOOKS

住所不定《じゅうしょふてい》キャンパーはダンジョンでのんびりと暮《く》らしたい
～危険《きけん》な深層《しんそう》モンスターも俺《おれ》にとっては食材《しょくざい》です～

2025年2月10日　初版発行

著者／タジリユウ

発行者／山下直久

発行／株式会社KADOKAWA

〒102-8177
東京都千代田区富士見2-13-3
電話／0570-002-301（ナビダイヤル）

編集／カドカワBOOKS編集部

印刷所／暁印刷

製本所／本間製本


ISBN 978-4-04-075801-5 C0093

# 新文芸宣言

かつて「知」と「美」は特権階級の所有物でした。

15世紀、グーテンベルクが発明した活版印刷技術は、特権階級から「知」と「美」を解放し、ルネサンスや宗教改革を導きました。市民革命や産業革命も、大衆に「知」と「美」が広まらなければ起こりえませんでした。人間は、本を読むことにより、自由と平等を獲得していったのです。

21世紀、インターネット技術により、第二の「知」と「美」の解放が起こりました。一部の選ばれた才能を持つ者だけが文章や絵、映像を発表できる時代は終わり、誰もがネット上で自己表現を出来る時代がやってきました。

UGC（ユーザージェネレイテッドコンテンツ）の波は、今世界を席巻しています。UGCから生まれた小説は、一般大衆からの批評を取り込みながら内容を充実させて行きます。受け手と送り手の情報の交換によって、UGCは量的な評価を獲得し、爆発的にその数を増やしているのです。

こうしたUGCから生まれた小説群を、私たちは「新文芸」と名付けました。

新文芸は、インターネットによる新しい「知」と「美」の形です。

2015年10月10日
井上伸一郎

ムサシノ・F・エナガ　イラスト／KeG

強力な魔物が出る島から脱出した剣術師範・オウル。助けに来た弟子も、他の弟子も英雄になっていたが、全員が「先生の方がもっとすごい」と喧伝していて！?　美少女弟子達に慕われる、無双剣士の異世界船旅、出航！

カドカワBOOKS

故郷を滅亡に導く
災厄級の魔物
“手負い《スカー》”を
発見したユルグたち。
参謀サランは、
この寂れた村を捨てるか、
“手負い《スカー》”を利用して
開拓都市へ発展させるか選択を迫る。
過去の贖罪《しょくざい》のため、
ユルグは仲間と共に
歴史を変える戦いに
挑むことに……!!!

グルメに観光、
最強凸凹コンビが
自由気ままに異世界を
満喫します！
作画：静波 セイハ
連載：ヤングエースUP
コミカライズ決定！

少年がその異形を
駆るとき――
人類が世界を
取り戻す戦いが始まる。
シリーズ
好評発売中！

# 極東救世主伝説

KYOKUTO
KYUSEISYU
DENSETSU

AUTHOR ▶ 仏ょも

ILLUSTRATOR ▶ 黒銀

　第二次世界大戦末期に行われた悪魔召喚の儀によって、世界の在り様は一変した。それから一〇〇年。世界の支配者となった悪魔に対し、人類は魔装機体を生み出し抗っていた。

　そんな中、「異なる現代」の記憶を持つ少年・川上啓太は入学した軍学校で、誰も起動すらさせられなかった試作機との適合に成功する。いきなり戦場に派遣された彼は、前世の知識を活かして、今までの常識を覆す戦果を示してしまう。

――それは、人類が世界を取り戻す戦いの始まりだった。

STORY

カドカワBOOKS

シリーズ
好評発売中！
カドコミ
ほかにて
コミカライズ
好評連載中！
漫画・
濱田みふみ

摩訶不思議な山暮らし――
ニワトリ（？）たちと
癒やしのスローライフ開幕！

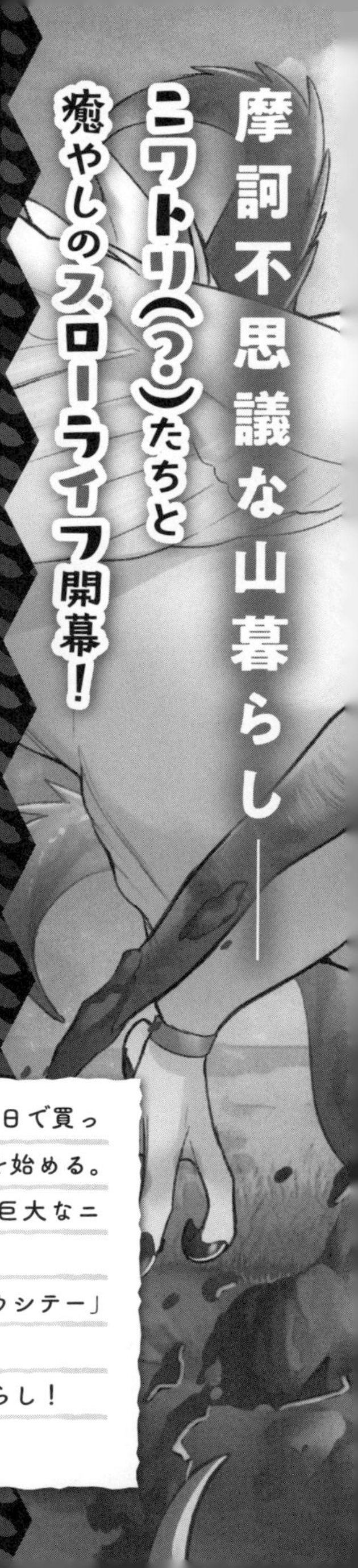

# 前略、山暮らしを始めました。

浅葱
illust. しの

ひょんなことがきっかけで山を買った佐野は、縁日で買った３羽のヒヨコと一緒に悠々自適な田舎暮らしを始める。気づけばヒヨコは恐竜みたいな尻尾を生やした巨大なニワトリ（？）に成長し、言葉まで喋り始めて……。

「どうして――！？」「ドウシテー」「ドウシテー」「ドウシテー」

「お前らが言うなー！」

癒やし満点なニワトリたちとの摩訶不思議な山暮らし！

カドカワBOOKS

歩くたび増えていく
新しい出会い、新しいスキル
この世界で、のんびり旅はじめます。
講談社
マンガアプリ
「マガジンポケット」にて
コミカライズ
決定!!
漫画:小川慧

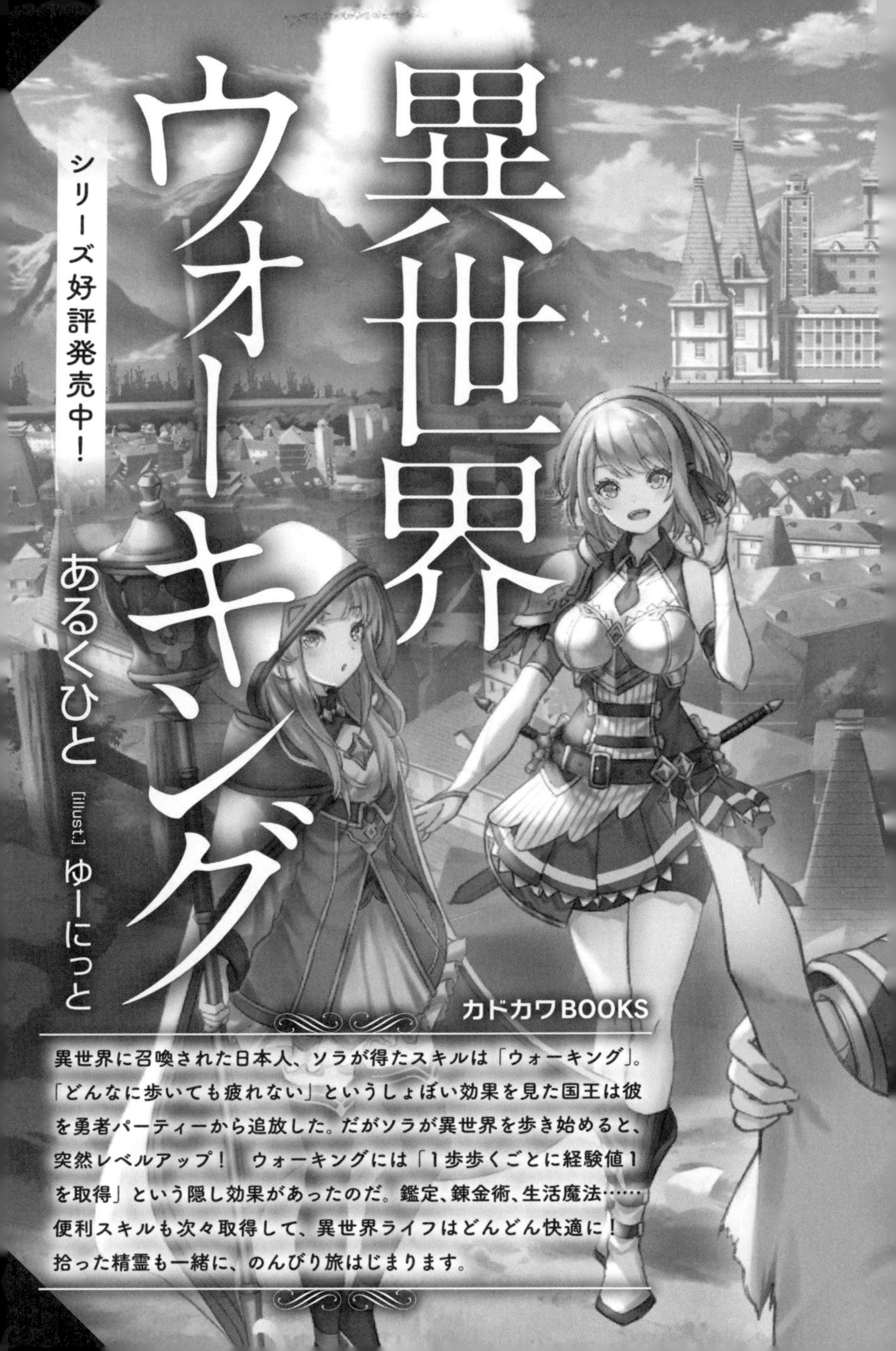
異世界ウォーキング
シリーズ好評発売中！
あるくひと
[illust.] ゆーにっと
カドカワBOOKS
異世界に召喚された日本人、ソラが得たスキルは「ウォーキング」。「どんなに歩いても疲れない」というしょぼい効果を見た国王は彼を勇者パーティーから追放した。だがソラが異世界を歩き始めると、突然レベルアップ！　ウォーキングには「１歩歩くごとに経験値１を取得」という隠し効果があったのだ。鑑定、錬金術、生活魔法……便利スキルも次々取得して、異世界ライフはどんどん快適に！拾った精霊も一緒に、のんびり旅はじまります。